U0802057

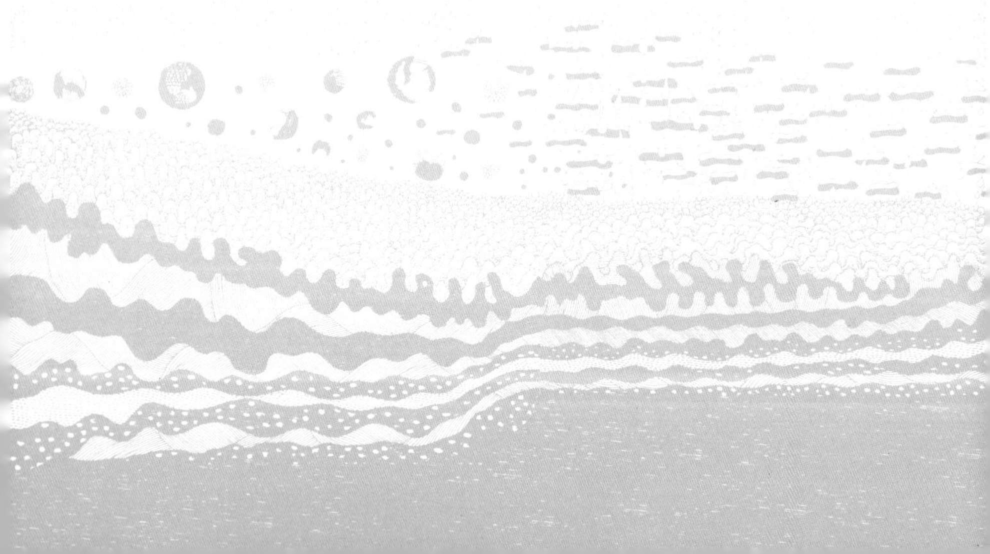

源文化丛书

在源头

于坚　著

青海人民出版社

图书在版编目（C I P）数据

在源头 / 于坚著 . -- 西宁 : 青海人民出版社 ,
2020.10
（源文化 / 文扎主编）
ISBN 978-7-225-06033-0

Ⅰ . ①在… Ⅱ . ①于… Ⅲ . ①散文集—中国—当代
Ⅳ . ① I227

中国版本图书馆 CIP 数据核字（2020）第 184470 号

源文化　文扎　主编
在源头　于坚　著

选题策划：王绍玉　责任编辑：成国仙　王伟
责任校对：宋巍　责任印制：刘倩　卡杰当周
书籍设计：吾要　刘福勤　杨敬华
封面绘画：吾要　封面题字：古岳

出 版 人：樊原成
出版发行：青海人民出版社有限责任公司
地　　址：西宁市五四西路 71 号
邮　　编：810023
电　　话：0971-6143426（总编室）
发行热线：0971-6143516 / 6137730
网　　址：http://www.qhrmcbs.com
印　　刷：北京雅昌艺术印刷有限公司
经　　销：新华书店
版　　次：2021 年 6 月第 1 版　2021 年 6 月北京第 1 次印刷
开　　本：889 毫米 ×1194 毫米　1/32
字　　数：160 千字
印　　张：8.625
定　　价：68.00 元
书　　号：ISBN 978-7-225-06033-0

版权所有　侵权必究

浏览器扫码下载
书香青海APP

青海人民出版社
微信公众号

举目江河源

——代序

马丽华

青海省玉树藏族自治州治多县素享“万里长江第一县”的美誉，以前多番路过，限于乘车往返于青藏线，连过境游都算不上，直到2017年8月，总算身临其境。这首次到访，是为参加该县举办的简称为“三节”或“两节一会”、全称为“第三届全国嘎嘉洛文化学术研讨会暨三江源国家公园长江源区水文化节和嘎嘉洛文化旅游节”，节庆活动包括集体观摩“源文化”系列展示，“非遗”（非物质文化遗产）剧目演出，乃至传统仪式的祭湖祭河、嘉洛婚庆大典等等；分组活动的各嘉宾群体，包括来自北京和周边省区的格萨尔研究专家、三江源国家公园三大园区的管理者、内地帮扶单位的企业界人士；出席节庆活动的还有作家团队、文化传媒团队，盛会之后还将进行以“源之缘，诗性的长江”为题的采风活动。

嘎嘉洛是古地名兼氏族部落名，相传为史诗英雄格萨尔王妃森姜珠牡的出生地，让“嘎嘉洛”一词重新绽放，既是将当地传而承之的游牧文化整合进来，为本地打造一个与众不同的旅游名片，同时也作为格萨尔史诗研究的代名词。从嘎嘉洛文化到源文化，于我而言皆为初闻初识，感觉新鲜，联想到这一节庆活动内容的多元综合，可谓一头连接本土文史，一头连接当代热点：时尚的旅游广宣、超前的国家公园建设，总之，一踏进这个相当边远的县城，原本的高海拔纯牧业县，给我的第一感觉竟然是“信息量好大啊”！

随后，我便见证了这套“源文化”丛书的策划过程。作家团队聚集在县城以外大草坝上的一顶帐篷里，多位丛书作者在场，看来酝酿已久，此为最终面议：落实各人承担的选题、确定完稿时间之类具体事宜。虽多为文科人士，但无论来自青海内外，长期关注源区生态和民生，无一不是厚积薄发，尤其看到兼备地质地理学背景的杨勇参与其中，他可是自1986年举步长江源起，就一直在青藏地区进行科学考察探险的学者，所以我当时就在想，这套融自然与人文为一体的丛书读本，稳了！

这套丛书的发起者是文扎先生，不仅如此，听说他还是“嘎嘉洛”文化和“源”文化的倡导者，当然也是身体力行的实践者。此前我同文扎先生素未谋面，不过并不妨碍我们一见如故，他正是我遍访西藏各地所熟悉的那类“额头上有光芒闪现”的、独具乡土特质的文化名人，是地方文化的代表人物和代言人，这类智者对家乡故土的风物风情珍爱极了，且满怀了感恩之情，哪个地方有了他们，便有福了；所承载其上的文化面貌，也会随之生动起来。难得的是，文扎先生并未止步于守望守护，而是与时俱进，孜孜矻矻致力于开拓创新。正所谓“念念不忘，必有回响”，而回响来自方方面面，你看当下，就有这套以“源文化”为名的丛书得以出版问世，当是实体化了的回响反馈。

“源文化”的内涵还在深入探讨中，可能需要补充完善。但就其本义而言，是知性的，更带感情，这感情里包含着乡愁，更洋溢着豪迈之情。你看治多县境内外，北部有昆仑续接巴颜喀拉的群山叠岭，西部是知名度颇高的可可西里荒原；沿着长江上游通天河溯源而上，是唐古拉山脉，那里是长江和澜沧江的源头所在。长江上游通天河流经治多，治多的藏语含义正是“江源”，“源文化”实至名归。

有了得天独厚的自然背景依托，辅以时代背景——坐拥长江、黄河、澜沧江三江之源的青海省，在筹建三江源国家公园的这些年里，生态意识被空前激发，影响到文学界，虽说本土文化原生态天然地契合于现代环保理念，文学创作自带生态环境意识，不乏对人与自然关系的求索探讨，但是近年来在青海，自然文学、生态书写还是被空前强调，生态书写研究紧随其后，上一年在西宁举办青年作者培训班，巨幅标语正是“深耕黄河文化，厚植青海故事”；青海省作协甚至在祁连山国家公园常设“自然文学创作基地”……这些都是唯青海才有魄力和能力展现的文学风景。所以说，青海不仅在国家公园建设方面领先于全国，在生态文学写作方面也是率先垂范。就这一意义而言，“源文化”丛书的出版并非孤立现象，可视为生态书写的一次良好示范。

尽管终于脚踏实地拜访过治多县城，终究还是一过客。回想很多年以前，每每沿青藏公路109国道翻越唐古拉山口，春夏秋冬走过。这座了不起的山脉，不仅是青海、西藏的行政区划边界，在自然地理方面也是相当著名的分水岭：按照以北以南的源点流向，成为内流河或外流河。从唐古拉山脉发源的长江与澜沧江，可作为教科书式的现身说法。同属一座高原，多年里我对青海充满向往，不时有所涉笔：20世纪90年代采写过可可西里科考、在可可西里为保卫藏羚羊牺牲的治多县英雄杰桑·索南达杰；进入21世纪以来，持续了解有关三江源多项生态工程、国家级自然保护区和国家公园建设等等；写过流经横断山区的澜沧江，甚至为长江、黄河的演化史写过小传……如此常怀崇敬之情，以至于为本文所拟题目，需要用到“举目”，意在无论自然造就还是人为努力，青海始终令我仰望。

三年前在治多县城外的帐篷里，就有动议让我这个虚长几岁的人作序，盛情难却，虚应下来。从书即将面世，首先祝贺诸位辛勤笔耕的作者们，道一声“辛苦”。当真要我兑现，那就重在参与，只好写下片段感想和一份感动，忝为代序。

2020年10月于北京

目　录

寻找荒原

滇藏公路所见之一隅　云南　2006 年　胶片

在 2013 年，滇藏公路的许多路线还非常危险，到处是滚石、坑洼，汽车一过，公路张嘴就喷狂灰。对面来车，裹在一团灰雾里，都看不出是什么车。澜沧江就在公路下面，仿佛刚刚切开，大地才被收拾过。河流有河流道，石头有石头的位置，老鹰在天空翱翔，鸟在树林里做事。人类开辟的道路和大地上的河流很相似，人类顺着河道。泥石流乃是天地无德之果，人的道路却是理性的结果。这条路的北面是澜沧江的源头，要走半个月，越走越险，直到道路消失，地老天荒。南面是澜沧江的出海口，也差不多要走半个月，那边的路线更麻烦，路倒是好很多，但是要办护照，经过许多海关。最后一样，消失在大海中，地老天荒。

青海省一条公路边的山包上的风马旗　青海　2006 年　胶片

青海扎多　2006 年　胶片

河流源头不只是一股，无数细小的水流从岩石、泥巴、雪地、缝隙、洞穴里涌出来，就像滚落满地的念珠。海拔五千米以上，呼吸相当困难，但是大地天然的自由令我激动，那一天我在这众水汇集的高原上奔跑起来。

青海湖　2007 年　数码

青海湖被拍得太多，大巴车上的每部相机里都塞满了青海湖。偶然拍到这一张，我刚刚取出相机，只是想擦擦镜头，忽然看见了这个“美景”，这个美景被利用得太久，有点慵懒、疲倦、茫然，而这正是永恒的真相。就是这样。永恒是疲倦的。

某个乡村的一道光　西宁　2011 年　数码

小旅馆后面挨着村庄、田野和树林。我在黎明前去村子里走走。早起的人在曙光里露出笑容，不是对我这个陌生人笑，是对曙光笑。这个村子昨天灰蒙蒙的，看不清楚。现在，被照亮了，美总是在葆光，只是偶尔呈堂证供，它一直在这里，只是光没到。
要起得早些，否则将失去许多光。开始的光，不仅关于眼睛，也关于生命的质量。

某村子的几只羊　西宁　2011 年　数码

几只羊出来了，那时我觉得它们就像使者。使者不见得只是耶稣、佛陀旁边的那些人。

一座山　西宁　2011 年　数码

山总是蕴藏着某种即将涌出的力量，但是它永不涌出。有些人挖开山去追求这种涌出，涌出消失了。我曾经冒冒失失地深入一座山的腹部，穿过岩层下到黑暗最深处。那时我还在昆明一家生产煤矿机械的工厂当学徒工，有时候要去矿山干活。我跟着师傅去下矿井，井口支着一座钢架结构的电梯。架子上挂着一个铁笼子，用几根角钢围住，四根钢索吊着。我走进去，一根角钢掉下来，“咔嚓”一声关住了笼子，电梯开始在山的内脏里下降，发出难听刺耳的金属摩擦声，时而尖叫两声，周围被切开的山体，挂着破碎的石块和泥巴，确实像某种动物的内脏。在地面戳了一下，停了。来到了地面，并没有踩在大地上的那种安全感，这是做作的地面，不自然的感觉很强烈。我们沿着洞底用来运矿石的铁轨往里走，铁轨两边是一个个洞穴，里面有矿工在挥动大锤，光着身子，汗流浃背。浑身漆黑，鼻孔里塞满煤灰，只有眼睛亮着。他们不想说话，从地面下来的人就是上级，自动具有神的地位。他们位于世界的底层，比纽约摩天大楼的地下室还低。一副置身地狱的表情。我是这样想的，或许并非如此，只是我在臆测。工作着是快乐的。我确实觉得这种工作毫无快乐可言，毫不掩饰地谋生、卖力，身体的受难。两个工人在岩壁上钻了一个洞，放置了黄色的炸药包，让我们退出去。我们走了很久，一股灰缓缓地漫出来，不知道他们躲在哪里。他们每天下来，把自己搞得漆黑一团，然后再上去，洗澡，换上干净的衣服，领工资，薪水丰厚。“矿工”一词在文学里不会涉及地狱，通常是被歌颂的，工业先驱、劳动模范之类。这种地方的情景令我想起但丁的诗篇，《地狱》里没有提到矿工，但丁想象了母狼、豹子。但丁没有下过矿井。如果不是为了生计，谁会愿意待在这里？大地上本没有这种地方，人为之物。这种职业养活了人。但是，我确定这种地方对人的心灵打击巨大，在这种地方待过，心灵必遭重创。这一点文明不会提及，人们也麻木不仁。文明只书写必需的一面、正确的一面、有用的一面，没有煤，怎么发电呢？灯会亮吗？世界永远在黑暗里啦！但是正确也意味着错误，只是正确的时间先到，错误的时间后来，那位黑暗中的矿工晚年会后悔自己的一生吗？他别无选择。时间总是悲剧性的。我从前去过的那个矿井已经悄悄地关闭了。山肚子里面藏着几个巨大的冷冰冰的洞。道法自然，这种事是不自然的。我的小舅，就在这种地方待了一辈子，他还不是在井下上班，他是一位技术员。五十岁上就得肺癌死了。他更像我的哥哥，童年时，他一来我家，就背着我去街上逛。凡·高也下过矿井，一名在煤矿工作了33年的男子领他下去，地下700米处，“在每个小房间中都有一名穿着粗糙亚麻衣服的工人，黑乎乎、脏兮兮的像是烟囱一样，他们在一盏昏暗的灯光下将煤铲碎。”就是这样。这就是从大地下面涌出来的，文明只在乎财富的涌出，只有凡·高这样的心灵才会在乎另一种涌出。青海的山很深沉，像是在沉思。

秋天的阵雨来了　青海　2017 年　数码

事件：寻找荒原

一九八五年　十一月三日　下午三点　晴
我根据罗马作家维吉尔的指引　来到云南西部
荒原出没的地区　这种庞然大物已经很少　好多次
我误入农场　把收割过的玉米地　当成它的爪子
横越云南　大约九百公里　在迪庆州
我拾得它的一些碎片　狼毛　苔藓和恐龙残骨
纯净的土地　令我心满意足　没有车辙和玻璃碴
一群红压压的山羊（我指的是土地）没有人看守
到处都显示着史前的征兆　而我作为诗人　一个闯入者
站在大门外面　不知道是从“啊”开始呢　还是从“哦”开始
依着惯例　我还是从“啊”开始　当我才拾起“鹰”这个音节
一只黑兽就撞入天空　双翅一展摆出了那猛禽的架势
它的爪子像我见过的一样　它的耳朵像我见过的一样
它把云块叼到我的嘴边　还像我读过的那样“矫健”
紧跟着　诗人又联想到暴风雨和闪电　才动念之间
闪电就撕开一角天空　露出它刻满纹饰的下巴
这个蓝下巴我在北郊飞机场的上空摸过　手至今没有痊愈

当诗人预感到雨　它就来了　从背后　它抢走了我的体温
万物水淋淋地插在红土中　鞋跟和裤脚全是泥巴
然后这一切混为一谈　成为所谓“风暴”
它巨大的屁股摆动着（像一艘灰色的军舰）
忽然又露出两条那么雪白的长腿　在上面叉开
这举动令我吃惊　相片上它相貌威严
坐在靠背椅上　右手扶着军刀　左边站着大炮
在荒原　我久久地发愣　多少“啊”字挤在喉咙口
每一个都像一具死尸　被一一抛下甲板
风过来收尸　老态龙钟的搬运工　骑士出生
悲壮和孤独这类动作　它早已做得炉火纯青
20世纪　仍旧那么一丝不苟　符合法度
骑士　吹响太阳的圆号　召唤一切前来集合
狼来了　乌鸦来了　神仙们来了　落日时分
在西方的根部　黑夜伸出发灰的舌头
一点点舔着光的盘子　把草的影子嚼碎
就这样　当天空和大地都进入某种氛围
期待已久的才姗姗来迟　瞧啊　荒原
这个伟大的主角　白血病患者和神经质女人
来了　迈着豹那种辉煌的步子
穿过镀金天空　进入悲剧大厅
崇高的阴影　使方圆二十公里的地区都屏住呼吸
作为侍者　我相当紧张　如果一个词不合规范
这个贵妇人完全可能大怒　揪散头发　砸碎一切
我担心被它吃掉　又担心它对我不屑一顾
我二十岁就热恋荒原　永恒啊　我熟知你的每一根毛发
为此我吃尽苦头　诗人三十一岁　仍然孑然一身
不朽的握手只是一瞬　我还来不及像维吉尔那样
吻它的手指　它已经走过我　遁入黑暗的机场
光　荆棘　风　乌鸦和土都回到它们的居所
我现在置身云南一处没有地名的所在
此地没有电　没有旅馆　没有道路
而我的大师　远在一万公里外的罗马
那块清瘦高洁　充满灵感的花岗岩　瞻仰者日夜不绝
一九八五年那个黄昏之后　我又冷又饿
不知道朝哪个方向　才能落荒而逃

白螺湖边　青海　2017 年　数码

青海湖　青海　2017 年　数码

我们在黄昏路过青海湖，美如天堂。游客早已撤退，大地空下来，最后一匹马在回家。湖光幽蓝。这不就是我们一直唠唠叨叨这一辈子要去的地方吗？为何不去？抛弃了行程，掉头驶向青海湖，天要黑了。并不想永远住在这里，待几分钟就够了。我已经获得一个永远。大地上没有宾馆。离开的时候，我们忘记了本来要去何处。

在旅途中不要错过机会

在旅途中　不要错过机会
假如路过一片树林
要到林子里望望天空
假如碰到一个生人
找个借口　问问路　聊聊
走着走着　忽然就离开了道路
停下来　背包一甩
不再计算路程　不再眺望远处
这是你真正的心愿　或许你从未察觉
听见一只鸟蹲在树上唱歌
忽然明白了歌曲的含义　和陌生人谈谈
知道了另一条河上的事情
或许一直躺在林子里　直到太阳落山
黑夜来临　或许从此就折进某一条岔路
只因为感觉对头　心里快乐
就是停下来　躺一阵　靠着树根
只是不要忙着低头赶路
错过了这片林子人生可就不同
错过了这个风景命运可就不同

1987 年

西宁至玉树的公路　青海　2017 年　数码

黑暗山岗上，月亮像是一枚白昼掉下的指甲壳。林迪说，我们走得太远了，今晚去哪里住呢？马云说，前面是哪里？赵凡没吭声，他负责用手机导航。我回头看一眼，他已经靠着车窗睡着了。嘎玛唱着歌，他白天唱，晚上唱，只要手一碰到方向盘就开始唱，他是我们雇来的司机。他的歌声现在仿佛是月亮唱的，越来越轻。几乎听不见。其实已经听不见了，但是知道他还在心里唱着。白天他唱得大声，像是车载 CD 里放出来的，他弄了个配乐带，合着它播出的拍子唱。他是藏族，黑乎乎的，像是一袋子土豆。车窗外看不见大地，只看得见那半个小月亮。我喝了一口水，看看老婆，她也睡着了。来了一辆车，车灯刺得我们睁不开眼，狂笑般地驶过。又来了一辆拖拉机，亮着一盏害羞的灯。司机裸露在天空下，拉着一车羊。前面最后一个可以睡觉的地方是共和县。

西宁至玉树公路旁的天空和山岗　青海　2017 年　数码

白天，我们再次待在车厢里。源头还远。云一直跟着，一会儿是这些云，一会儿是那些云。小的云才显出天空的辽阔。一点儿云也没有的天空倒显得很小。无边无际其实是有涯的结果。一望无际的天空要知道它究竟是怎样的无际，只有测量，而人类从来没有造出这样的尺子。小的云不必测量，这一块和那一块之间，也就是一个足球场的距离，不必测量。就是这个感觉，这个距离也只是一瞬，很快就不是了，更近了，两个情人的距离，然后合为一体，不见了。

西宁至玉树公路旁天空上的一片云　青海　2017 年　数码

它只存在了几分钟就不见了。在它生命最高峰的一瞬，我拍下了它。照相机用来做什么？就是留下这些，延续它的存在。我看见了，再让别人也看见。所以，你要给别人看见什么，非常重大。我不想说什么都可以拍这种便宜话，手机晒图就是一股什么都拍的狂潮，它最终消灭了摄影这回事。是的，世间一切皆诗，这意味着要把诗拍到就是，那可不是一切，这意味着怎么拍，怎么取景。怎么说，这是决定性的。云满天都是，拍到这一块可不容易，光，距离，空间，形状……我等了很多年。

治多的山　青海　2017 年　数码

山暗藏着一种抽象事物的力量，尤其在夜晚。渐渐地，光走了，带走了种种细节。那些石头，那些树木，那些草，那些叶子，那些獭，那些虫子，那些褶皱，白昼里清清楚楚的一切，此刻成了混沌一块。只剩下山这种东西，我们依然知道那是山，但是没有细节。在细节里看不见山。一坨石头只是一坨石头，不是山。一棵树只是一棵树，不是山。一片叶子只是一片叶子，不是山。一条溪流只是一条溪流，不是山。山在黑夜里成为抽象之物，这种变化令人着迷，一方面你知道的关于这座山的知识告诉你，万物原地未动，可是你看不见它们，无法证实。山成了一种感觉，一个巨大的并不存在的块面，三角形的，你无法触摸到它。你碰到的总是细节，而不是山。或许仓颉就是在黑暗里创造了“山”这个字。山的黑暗并不与天空的黑暗交融，也不与荒野的黑暗交融，它们各有各的黑暗。

我听见有些东西在黑暗的山岗中说话，不知道是谁。

治多白螺湖边的石头　青海　2017 年　数码

治多白螺湖边的嘛呢堆　青海　2017 年　数码

治多白螺湖边　青海　2017 年　数码

治多白螺湖边，祭天的羊头骨　青海　2017 年　数码

治多　2017 年　数码

白螺湖边祭祀珠牡女神。持续了两个多小时。最后，大家沿着湖边绕行一圈，然后越过草原散去。荒野上重新空无一人，夜晚来临，月亮即将升起。

祭女神珠牡的人们　青海　2017 年　数码

治多　2017 年　数码

治多荒野上的一座风马旗做成的祭坛。它就是教堂之类的东西，没有用大理石、柱廊、偶像，只是一些彩色经幡在天空下飘着，充满神性。

荒原上的煨桑炉　治多　2017 年　数码

《格萨尔》唱道：

无人神灵保佑谁，无神万事皆逆云。
若是两者共在时，心想事成大吉利。
五月十五时辰吉，岭国臣民请细听，
上玛迦山峰之巅，煨名贵柏桑之叶，
祭四方神灵护法。

百度中“煨桑”一词指：传说古时藏族男子在出征或狩猎归来时，部族首领、老年人以及妇女儿童聚在寨外郊野，燃上一堆柏枝和香草，并不断向出征者身上洒水，意为用烟和水驱除各种污秽之气。这一做法至今仍遗留于藏族生活中。当家中生育婴儿，远道而来的亲友前来贺喜时，家人要点燃柏树枝，来者必须从火上跨过，目的是让幼儿健康长寿，不受邪气危害。

以“桑”祭祀神灵，祈祷平安胜利，是高原先民同神灵沟通的主要方式。人们认为，桑烟可以直达天神住的地方。

山岗和云彩　治多　2017 年　数码

公路边的塔　治多　2017 年　数码

贵德地质公园　青海　2017 年　数码

雕刻着经文的嘛呢石。人们将大河源头像神灵一样祭祀　青海　2000 年　胶片

此图本是彩色胶片，一片火红。那些石头被涂成红色，上面刻着经文。我调成了黑白，我以为事物的本色其实是黑白，彩色只是表象。梦经常披露这一真相，我的梦是黑白的，甚至无色的。那一日，我老远就听见高原上传来叮叮当当的击石之声，大地上没有这种声音，水说着，鸟鸣着，雷吼两声，树吟、牦牛跑起来，锤击着黑土……这声音是高原上唯一的人为之声。循声而至，在一个山包后面，几个人蹲在地上，正在石头上刻字，他们蓬头垢面，衣衫褴褛。已经刻出了一大片，摆在地面上，形成了一个祭坛，他们的神是佛陀。我在那里坐了一阵，地老天荒，刻着文字的石头。

高原上的嘛呢堆，石头堆砌的神坛 青海 2000 年 胶片

源头之水　青海　2006 年　胶片

澜沧江上游囊谦县的荒野上　青海　2006 年　胶片

我们停车的时候，这两个人从荒野中骑着摩托驶出来。就像天神。我们立即成了兄弟，递烟，喝水，说话，坐在草地上，仿佛已经坐了很久。从哪里来，昆明。去哪里，扎多。哦呀，没去过。从哪里来，嘎巴。去哪里，昌都。没去过。在荒野上坐了一阵，彼此笑笑，太阳偏西时我们上路。不知道他们是谁。我们是谁，他们也没问。

青海　2006 年　胶片

在长江源头的那些土路上，经常可遇到骑摩托的人。许多人从前是骑马的，现在他们骑摩托，工具换了，但是人与工具的关系没变，还是那种古老的关系，工具对劳动须臾不可或缺，它是人的伙伴，要像对待人那样对待它。一匹马是人，一辆摩托也是人。人们下意识地用打扮马匹的方式打扮他们的摩托车。摩托车被装扮得像五花马，彩色的飘带，裹着花毯子的坐垫。远远地，还以为真的是李白写过的五花马。“五花马，千金裘，呼儿将出换美酒，与尔同销万古愁！”高原上没有丑陋的摩托，这不是用来象征经济地位的物件，就是生活的一部分。在复古的高原，古老的东西是美，是宗教，是祖母们纺织羊毛地毯的手艺，是酥油茶的配方，是马术，是生娃娃的疼痛。我在青海高原上见到最美的摩托，不是出厂时那种闪闪发光的模样，而是各美其美，哪一辆摩托是谁的，一望便知。而且他们集体创造了一种可以称为西部摩托的美，粗犷、彪悍、野性。这些现代马匹在高原上扬起生命的强烈灰尘，许多摩托上坐着生死相依的男女。

玉树　2006 年　胶片

这个小姑娘今天已经长大了。当年我遇到她的时候，她正蹲在玉树县新寨的嘉那嘛呢石堆旁边做擦擦，她妈妈和几个妇女一起做。她们将暗红色的泥粉和水搅拌成面团般的东西，按在模子里，模子里有个婴儿般的佛像。就像是秋天在打青稞的场子上劳动，一边玩着泥巴一边哼着歌。旁边有一个巨大的石头堆，各种各样的石头被人们从大地上带到这里放下。据说，是嘉那活佛多德松却帕在 300 年前创建的，他在这里放置了第一块石头，然后石头就滚滚而来，现在已经有 25 亿多块。第一块石头已经不知所终。那是一块什么样的石头，我忍不住遐想，来自一座山岗，一条河流，一堆泥石流，一条道路的路边石，或者就是活佛自家院子里剩下的奠基石……12 年后我再去玉树，石头堆还在那里，它经历了大地震，一块也没失去。我再次端详了这个石头堆，才看出来每一块都很平常，拿石头来的人并没有刻意去找奇石、怪石，就是随便拾起一块带来。这块石头距离这个嘛呢堆也许有一年的路程，也许只是几步。这个小姑娘不在那里，或许嫁人了吧，已经过去了 11 年。依然有人在做擦擦，是另外几个妇女。这个小姑娘叫多吉本玛，意思是金刚莲花。或者卓玛，我忘了。藏族人的名字大多是活佛取的。那一天我们相处了几分钟，我说想为她照张相，她很乐意，站起来，举着她的擦擦，她是想让我照她的擦擦，不是照她。

囊谦　2006 年　胶片

此地离源头不远了，步行的话，再走几小时就到。然后道路就结束了，天地无道，继续走的人是非常之人。在这一带，非常之人越来越多，他们在高原上，在海拔5000米以上的地区走出各种小路，他们并非探险者，他们只是在这地区活着。放牧牦牛的道路，挤牛奶的道路，挖虫草的道路，去溪中提水的道路，搭建帐篷的道路，相亲的道路，买卖的道路，取盐巴、茶叶和荞麦的道路，前往寺院的道路，唱歌的道路……语言也不同了，我和这些高原人交谈过几次，我们坐在石头或者草地上，有时候是在他们的帐篷里，喝了酸奶和酥油茶。我们盘腿坐在那儿，羊毛毯子上，他们的摩托车停在外面。偶尔说几句，汉语在这里变得期期艾艾、结结巴巴，几乎找不到词。我们从未提到高原以外那些聊天中常可以听到的词汇，高血压、血糖、抑郁症、尿酸、蛋白质、旅游团、股票之类。我不知道他们的沉默中有没有这些词。

高原上的谈话

不速之客在高原上相遇
左边是唐古拉山　右边是加油站
一次谈了水　另一次谈到一位喇嘛
还有一次谈到羚羊　“它们几个
就站在那边”指了指苍茫

前往杂多县的道路　2006 年　胶片

扎多只有一条街，就像一块凭空而至的长条毯子。周围是荒野，水从那里流下来，穿过扎多。天边外的地方，住着些不怕寒冷的人。永恒的积雪。

滇藏公路边一所小学的学生　西藏　2006 年　胶片

滇藏公路　2006 年　胶片

我们那时停下车来，与他们共度了几分钟。他们一直在笑，那孩子躲在他爷爷的背后笑。几分钟。陌路相逢，笑了一阵就永别。

青海湖国际诗歌节　西宁　2011 年　数码

Like

有一年，我去青海参加青海湖国际诗歌节。此诗歌节邀请了世界各地的上百位诗人。大家分坐几辆大巴车，相当魔幻，普通的大巴里载的是各种各样的人，这些大巴车拉着一车车诗人。我们坐在青海湖边的一间大房子里吃午餐，杯盘狼藉。在一个房子里朗诵，那个巨大的房子里铺着红地毯，还有交响乐队，诗人的声音小得几乎听不见，麦克风有问题或者他们本来就轻声细语。我认识了来自美国的诗人。后来她寄给我一首诗。

每一个人都有雅奎血统
Amalia Madueno

那些耳挂小木偶的法里西部落，齐步行进
向花坛上摇摇欲坠的女神挥舞长刀
我们来看这些戴花环的民族
在围着垃圾桶的场地上，与邪恶混战
我们跟小丑们一起挤在大教堂后面
烤玉米饼的烟，打开折叠椅
在许多恶鬼蠕动的地方，就地过夜
在炎热的尘埃中走向瓜达卢佩
发现我们的衣服在路上磨出了许多小洞

另一位诗人是西蒙·欧迪斯，我写了一首：

西蒙·欧迪斯

一位粉红色的演员
装腔作势地朗诵着诗
竭力要表现出某个自以为是的主题
拖长了"啊"的尾音　故作停顿
但他突然被驯服了　仿佛遇到阵雨
声音变得轻而湿润　就像过早生育而依然
年轻的祖母　当他念到"一年春天我们
在阿克马种下玉米　我们播种了几次"
西蒙·欧迪斯的诗章
本次朗诵会的最后一首

一个早晨，在宾馆里遇到叙利亚诗人阿多尼斯。他听了我昨天的发言，完全赞同。他很老了，正在一点点失去水分，骨瘦如柴，依然在燃烧。我写了一首：

阿多尼斯

从前一个早晨　我们相遇在青海宾馆
那时候曙光还在发亮　我们为失去了语言而释然
你起得早　我也起得早　口干舌燥
现在是喝上一杯清水的时刻　我们在走廊上
像水面上的晨光碰掌而笑
一块被光辉擦亮因而失去了隔绝功能的玻璃照亮我们
或者是我们照亮了它诚实的一面　那长廊直达餐厅
看不见青海湖　但光肯定是它的　后来你走进向下的电梯
翻译说你是叙利亚人　我看不像　倒像云南山区的某位
已经逊位的土著酋长　我的另一位父亲　哦　你的白发
下面藏着精选过的火焰　幽暗的斗士　早已摆脱红色
电梯门关闭后还在燃烧

青海湖国际诗歌节　西宁　2011 年　数码

朗诵者为顾彬，一个德国人。我们第二次见面，上一次是 1996 年，在荷兰的莱顿大学，写诗的张枣还在世的时候。张枣吊着两条腿坐在一张桌子前，轮到他发言，开口就说，我没有什么准备，随便说几句。我大为惊骇，这是莱顿大学的中国当代诗歌国际讨论会。他已经来到欧洲很多年，住在德国。我从昆明来，飞了十多个小时，揣着一份五千字的发言稿。这是我第一次来到欧洲。顾彬坐在一边，这是我第一次见到他。然后我们通信，吵架。他对我批评汉学家的言论不满，批评我。我也毫不客气。2013 年 8 月 10 日，我们又在青海湖边遇到，坐在宾馆的餐厅里喝啤酒，他说起青岛啤酒和日耳曼啤酒公司的渊源，指出啤酒罐上的老商标给我看，“这是德语”。他的普通话听上去就像一位北京侃爷。他说他已经为青岛啤酒写诗一首，“该你了”，他晃着那罐喝了一半的啤酒说。后来我写了一首：

车子爬到高原上，伟大的高原，地老天荒，悲剧般的乌云。大道，亮晃晃得像一把钢板尺，水泥电杆像刻度一样伸向远处，有些刻度已经歪了。其中一根电线上坐着一只老乌鸦。有人从那边走来，坦坦荡荡地走着，就像一位高僧，仿佛他已经走了一生，背着乌云。路边出现了一排平房，里面是一个杂货店，也可以吃饭、喝茶。老爷子和老太太以及他们的儿子守着，卖东西。过路的人到这里都要停下来，进屋暖一暖，买点儿什么，喝口酥油茶。就像一个中世纪的童话，背麻袋的堂吉诃德和桑丘刚刚走掉。堂屋里面黑乎乎的，像是矿井，借着门那边透过来的光，先看见一张脸，是那儿子青春焕发的脸，腮帮上长着些粉刺。几根木柱子，上面挂着围巾、糖、玩具什么的。下面堆着几个纸箱、鼓囊囊的编织袋、油桶。玻璃柜子里也有许多东西，一排“解放”牌胶鞋。多年前我穿过，那时我只能穿这种鞋，只有这种鞋。里屋要亮些，有一个窗子，墙边靠着一排旧沙发。对面的柜子里陈列着几个锅，数了一下，九个。地上支着一个炉子，煨着开水。老太太二话不说，给每人端来一杯酥油茶，坐下去加火。大家坐了一阵，暖和起来。我想给老头和老太太拍张合影。老太太脱掉外套，里面穿着一件碎花布缝的新棉袄。两人走到外面，坐在支在墙边的一截旧沙发和一块石头上让我拍。老爷子个子矮，坐在高些的石头上。老太太个子高，坐在沙发上，就像是照相馆的师傅安排的，我忽然想到，他们不是第一次这样坐，有人设计了这个镜头，他想让他们在画面中庄严而美丽。在这里，每个摄影者都有为他们拍张照片的冲动，就像他们第一眼看到这片大地，着魔似的，心中感动，快门响个不停。一句话也没有，“谢谢”也没说，走了。那屋子海拔接近5000米。

僧人们　青海　治多　2017 年　数码

一位正在聆听天空中传来的声音的山岭般的喇嘛　治多　2017 年　数码

坐在会场上的乡亲　治多　2017 年　数码

一位牧者　治多　2017 年　数码

珠牡　治多　2017 年　数码

珠牡的闺蜜　治多　2017 年　数码

天神下凡　治多　2017 年　数码

才旦卓玛　治多　2017 年　数码

白螺湖边的少男少女　治多　2017 年　数码

《格萨尔》说唱艺人　治多　2017 年　数码

白螺湖

看不见草根　黑夜上面　草连着草　组成了嘎玛草原
母马般地卷伏　正在低语　在发亮的天空下　等着
下一场阵雨　来了　马背闪光　风朝经幡涌去
牧人收紧了皮缰　牦牛是黑暗的陵墓　带来一朵朵
阴影　之间有一潭水　暴雨的烈马留下的一个蹄子印
羊群要绕开　只有星月获准逗留　藏族人看出这是一只
海神遗落在大地上的白螺　献于王妃　云在后面建造
一座座高耸在天空间的护法殿　羚羊穿过夜　来磕头
取水　它们找到逗留的地方　总是有相爱的人来
贫穷的人来　牧羊人来　迷路人来　失败的人来
躺着　仰望天空的是拉日村的洛桑多吉　煨桑的
是旺姆嬷嬷　也有悲伤的人　不知道冥冥中谁在揩拭
镜子　时间涌出来　又落向何处　那双眼睛不在
我们中间　它看见大地上有火焰　玉石　庙宇
牛奶　爱情　水罐　舞蹈和祭坛　鹰在云端上打坐
乌鸦背着蔚蓝色的石头　万物有灵　这样看世界多妙
带着远古的铜色　沉着苔藓和沙　我们来拜访草原
我们总是在赶路　赶路　最后被落日驱逐出境
天黑后　打酥油茶的妈妈　坐在星空下　一千零一次
讲起格萨尔王的妃子　嘎玛草原上的传说　声音很低
像是溪水滑过草叶　感激　坚信　依靠　安静
白螺湖离公路不远　很容易被当作水坑忽略

在贡萨寺遇到的一位妇人　治多　2017 年　数码

在贡萨寺遇到的一位老妈妈　治多　2017 年　数码

贡萨寺的三位僧侣　治多　2017 年　数码

央金　治多　2017 年　数码

单增曲扎大叔　治多　2017 年　数码

多吉大哥　治多　2017 年　数码

强巴舅舅的肖像　治多　2017 年　数码

那时他刚刚征服了草原　生命最强大的一瞬
血液中的马群发着红涌向面部
一束光将他打造成青铜强巴
那么自信　三百头牦牛的舅舅
他不知自己已被时间加冕　成为秘密的草原之王
天空威武　仿佛他是站在罗马的大理石圆柱下
世界只知道恺撒　不认识这个牧马人
裤脚上沾着些牛粪　他脏　还有点儿臭
当他回首青海湖时　我按下了快门

卓玛姑姑　治多　2017 年　数码

邓珠奶奶　治多　2017 年　数码

三个戴墨镜的青年　治多　2017 年　数码

扎西和多吉　治多　2017 年　数码

赛马场　治多　2017 年　数码

骑手降措　治多　2017 年　数码

登巴先生　治多　2017 年　数码

赛马场上的观众　治多　2017 年　数码

洛桑老爷子　治多　2017 年　数码

骑手群培　治多　2017 年　数码

索朗旺堆先生　治多　2017 年　数码

强巴　治多　2017 年　数码

高原上的男人　滇藏公路　2006 年　胶片

高原上的女人　滇藏公路　2006 年　胶片

澜沧江源头的一位村干部　滇藏公路　2006 年　胶片

澜沧江源头一青年和他的女友　滇藏公路　2006 年　胶片

十四年前，作者在青海省澜沧江的一个源头　滇藏公路　2006 年　胶片

岩石，以及站在它旁边的牧民扎西　滇藏公路　2006 年　胶片

祖孙三人　治多　2017 年　数码

青海　囊谦　滇藏公路　2006 年　胶片

当年我去青海的时候，公路还不发达。路上驶过的车子多数是大卡车。滚滚狂灰里面出现了一辆，救星一样停下，等在路边的人们笑逐颜开，一哄而上。踩着轮子、扒着车厢板就往上爬，手脚快的，就能找到好位置。司机很得意，坐在驾驶室里，抽根烟什么的，他才不担心汽油箱，那时候的交通规则，可有可无，人和汽车的关系不像现在这样紧张，如临大敌，一边开车一边看红灯。大地上没有红灯。没有矿泉水，大地上到处是水，随便喝。开车和骑马差不多，司机不觉得车子是机器，对待它就像对待一匹马。拍拍它，擦擦它，加水的样子就像在喂水。大卡车有很多故事，多到可以创造一种公路文学。凯鲁雅克写过，他的《在路上》就是公路文学。我读了几段，很亲切。我年轻时经常过这种生活。最惊险的是偷乘，藏在公路上坡或者转弯的地方，大卡车在这里总是开得慢，车子一出现，跟着车跑几步，抓着后车厢板就翻进车厢里去。司机一般看不见，他就是发现我们，也不会赶我们下车，还会发支烟。这是默许的，那时候交通不发达，空车多可惜呀，简直就是犯罪。汽车少，司机也体谅偷乘的人，装着看不见，只要你爬得上去。我偷爬过多次，一次也没有赶我下车，但是我从来没有像铁道游击队那样掌握了扒车技术，很狼狈地翻上去，有时候跌得个鼻青脸肿。司机会开得慢点儿，但不会停车让我们上去，那就是违反纪律了。卡车司机与一路上的各种妇女，发生了无数的风流故事，她们崇拜司机。有时候会看见一辆大卡车停在路边，一男一女从路边的深山老林里走出来，女的一身红。我年轻时坐大卡车，是在云南的公路上。有一次在驾驶室坐了三天两夜，与司机成了好朋友，他是个彝族，黑黝黝的，边打方向盘边唱歌。那时候没有电话，下车就永远失去联系。联系是靠写信，本来想写一封给他，想了想，无话可说，这种朋友要在一起玩，不是靠说话的。就没写。另一位司机是东北来的，他喜欢大声地说，上哪去！一条路上，开出去几十公里，口音就不同了，彝族听不懂白族的话，但是大家都在广播里听会了普通话。这位司机的普通话比电台里面的好听，而且为自己的口音自豪，车一停，就大声说，上哪去？上来的人小声地回答：马街。他把驾驶座这一块搞得像个单身宿舍，挂着毛巾贴着毛主席语录，军用水壶、一小盆花。大卡车在哪里都是一样的，车一开，车厢里的人就成了一家人，大家彼此照顾着不要有谁摔下车去。卡车开起来声音巨响，司机根本听不见后面的动静。早期的中国司机往往开得很野，解放了似的，路上有坑也不绕，直接滚过去。如果不站稳拉好的话，很容易摔倒。有时候坐在车头上，货物漫过了车头，像是坐在悬崖上，这个悬崖在下面公路的悬崖边歪过来斜过去，随时要翻车似的，吓得尖叫。路平坦的时候，风吹过车厢，很是舒服，大家就唱歌，那时候的歌不多，人人都会唱，一场大卡车合唱就开始了，路边的人羡慕地望着，直到歌声听不见。公路的最底下是澜沧江，从青海流下来的。在云南，我一直以为澜沧江是棕黄色的，后来到它的源头去看，才发现澜沧江原来是清的。那次我坐着一辆吉普车走了差不多一个月，到了地老天荒的源头地区，我趴在一汪从主流陷到河边凹地的小水塘旁捧水来喝，饮毕才看出它清如明镜，就照了照自己的脸，发现已经被高原上的太阳晒得黑黝黝，“我已历经沧桑”。希腊神话里有个故事，说是美少年那喀索斯每天在水中看见自己的脸，郁郁自恋。这是人类源头时代的故事，必须有这样清的水，才会有这样的故事。

滇藏公路　2006 年　胶片

这是我见过笑容最多的地方，人们住在天空和大地之间。跟着牦牛，哪里有草去哪里，哪里有水去哪里。古老的游牧者。这个时代遇到这些人已经不容易了，是一种福。

滇藏公路　2006 年　胶片

滇藏公路的一个拐弯处，一位拖拉机手、狗和远处的雪山。

西宁的一条街　2011 年　数码

星期天的西宁城有个年轻屠夫
遵循祖先的办法　放血　拔毛　开膛破肚
宰好的鸡　一只只陈列在案板上
光明磊落的刽子手　无罪　日日造福人类
此刻他搭手在门框上张望街道
买鸡的人就要来了　就像这个正午
古老　结实　饱满　自信

西宁的一条街　2011 年　数码

在遥远的西宁城啊
故事与我故乡一样
从前有个女裁缝站在店门口
等着她的下一匹布　忘记了拔下
电熨斗的插头　她一生总是在吃这种
漫不经心的小亏

玉树藏族自治州结古寺　2006 年　胶片

这个门在玉树藏族自治州的结古寺，我去的时候这个门关着。

西宁的一条街　2011 年　数码

这种小街越来越少了，世界力量觉得这种老街有碍它日新月异的形象，一直在通缉它，摧毁它。它们不堪一击，自惭形秽，越来越少。你得像寻找逃跑的猫一样去找，贴寻猫启事。我问道，老街在哪里？人们总是失忆。这条小街在一座清真寺附近。孩子们跑起来，刚才她们还在乖乖地遵守交通规则，进入这条小街，忽然放肆。本能被古老的氛围激发，信任回来了。她们知道在这里不必担心红灯或者仪表。在这种奔跑中，青梅竹马在望。但是这条街太短，只能走几分钟，然后就是千篇一律的大街。故乡已经成为一些四散的碎片，在这里遇到一小块，在那里遇到一小块。这一块弥漫着羊膻味、烤馍味、胡椒味……街的尽头有一家蔬菜店，番茄、青菜、大蒜、灯笼辣椒、萝卜什么的，被卖菜的姑娘陈列得像是马蒂斯的画。有时候在异国他乡漫游，看见别人巨大的无边无际的、理所当然的苍老故乡，顿感悲伤。

相濡以沫　西宁　2011 年　数码

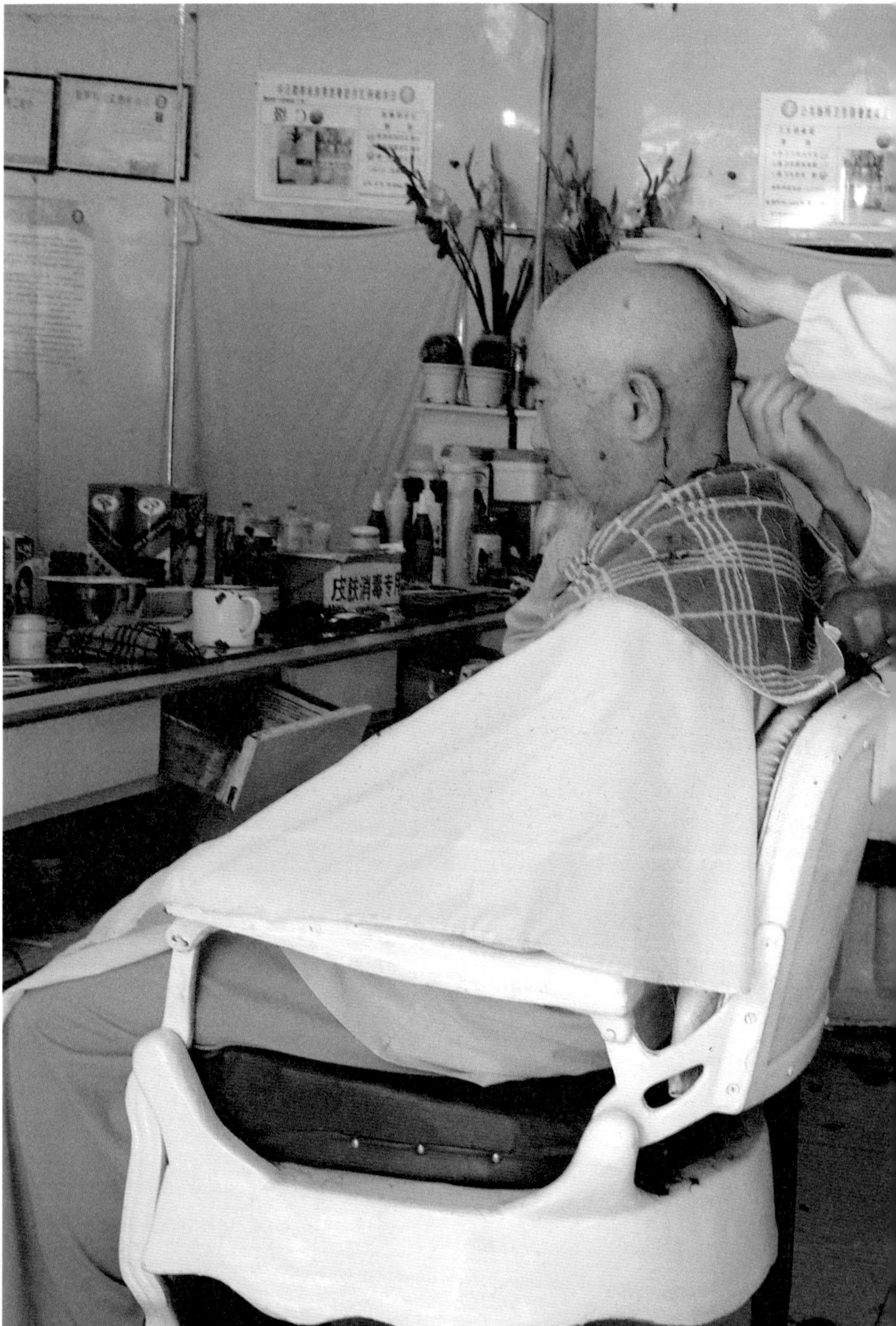

西宁一条街上的理发店　2011 年　数码

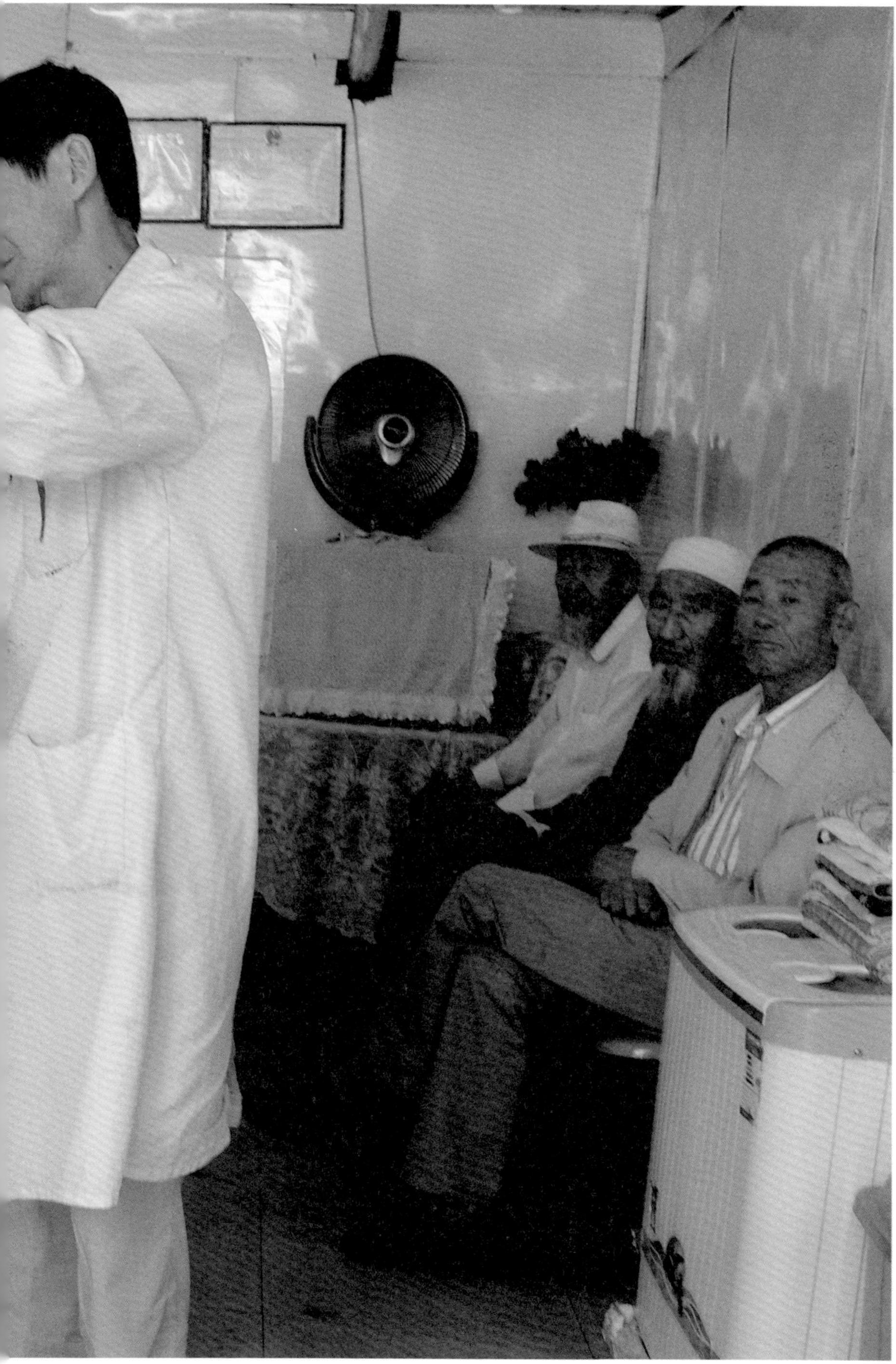

你不想蓬头垢面　你不想披头散发
野火烧不尽　春风吹又生
理发店永远人满为患　谁也无法阻止
头发生长　谁也无法为头发定型
总得把它交给一位沉默的理发师
他的声音来自推剪　只能剃三种
光头　平头　要么烫烫?
理发的样子就像从前那位专制的大帝
总是害怕他掰着我的脑袋去照镜子

西宁一条街　2011 年　数码

馓子。在南方没有这种食物。令人激动，当然要尝尝。这不是小事，生命之意义所在，世界运动的方向是全世界都吃麦当劳，直到世界毫无意义，彻底乏味。这是西宁的意义所在，意义就是细节。这是一种古老的食物，“馓”这个字，《说文解字》上就有。

馍　西宁　2011 年　数码

一条小巷　西宁　2011 年　数码

塔尔寺的一头狮子　西宁　2011 年　数码

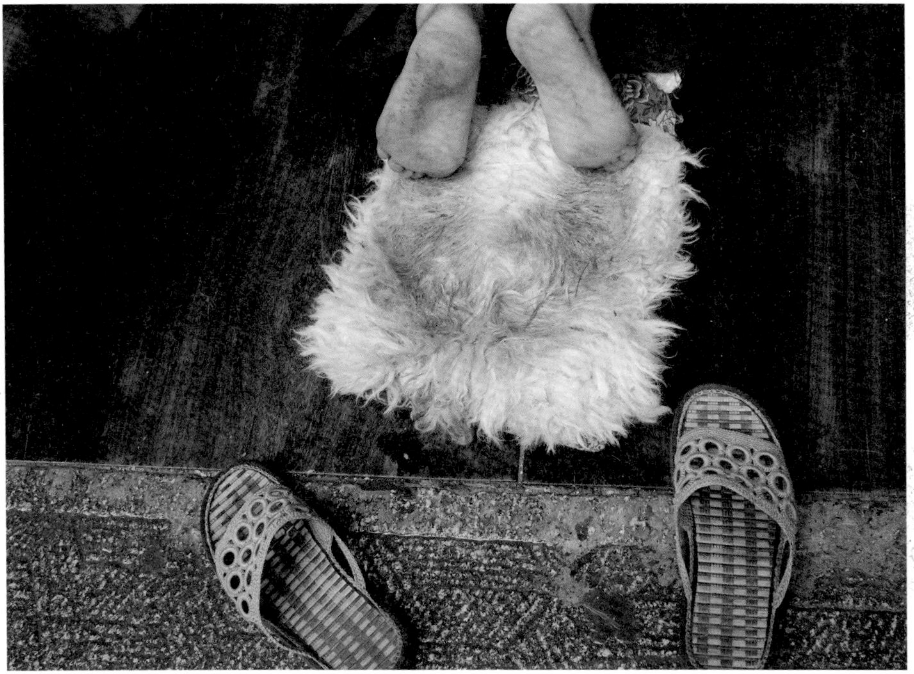

塔尔寺内磕长头的地方　西宁　2011 年　数码

夏宗寺　西宁　2011 年　数码

夏宗寺

2013 年 8 月 10 日，与诸诗人游青海夏宗寺，有记。

立秋在大地上飞行　从旧日子里跳起来的一天
沃野微垂　酥油浸透大地的僧衣
草叶获得高尚之缰　羁绊着豪迈之云
它们俯首帖耳　万物都是低姿态　看哪
夏宗寺的红芒鞋落在阿尼吉利山之顶
秋日不必奠基　晴朗和光明
再次被安装在青海高原　脱了袈裟
诸天赤脚站在云端　皮肤哈达一样洁白

沧桑又是一年　神依旧那么英武　那么婀娜
那么年轻　经幡在森林间垂着慈悲之眼
甲壳虫在沙砾上闪光　有些已转世为黄金
在黑暗中自享不朽之乐　无论拆迁多么野蛮
轮回有日　咿哩呀呀　咕噜唧唧
转经筒的歌谣响在死亡无法结算的地方
风暴一过　榫和柏油就运回家乡
听啊　驼着背的僧人在大殿里锯木
取水　搬运石头　修门　神在午睡
风走回自己的蒲团　夏天余温还在
马头探出村口张望　狗顺着肥埂跑去报信
来啦哦　一群诗人　肖在前头带路　她是土著
背着大饼　豆子　以及扑朔迷离的黑眼圈
看破了红尘　看不透生命　扁舟系在青海湖
古铜色的画家吕跟在后面　穿过玉米黄
草绿　天青　苹果红　茅紫　葱白
寺庙般的针叶林前　他傻眼了
犹豫是否仍与那个画廊签约
路过溪流时纷纷将脚放进水中　山林之神啊
一群年迈的孩子在阿尼吉利山迷路于野
请宽恕　我们不懂事　只是不害怕你
这一生害怕太多　害怕太阳　害怕父亲
害怕邻人的嘴　害怕镜子　害怕开关
只是不怕你　现身吧　我承诺从此金盆洗手
收回诗章　不再鼓捣陈词滥调　我渴望的只是
庇护　别让我那么孤单　永恒的捉迷藏者
你对我们的迷途避而不指　纷纷跌倒在树下
落叶再次覆盖了脚　也许可以朝这边走
徐说　谷雨中他来过　夏宗寺在这个方向
他指出玉米地和油菜花地　又指着波斯菊的右边
再指着牵牛花以北　一群虎纹蝶紧跟着三只灰蝶
也要去夏宗寺？　有两个同伴因路漫漫更亲密了
情投意合必然另辟蹊径　他们去了荞麦那边
蜜蜂获得新的刺点　西宁出去30公里
在一群桦树那儿　拐向南方
三台乡的土地　平安镇的辖区
宗喀巴在这儿度过童年　乌鸦比昨天下午稍白
天空下有一股柏枝的气味　多年前在西藏
我觉悟于这味道　跟着朝圣者去哲蚌寺
赶路要早起　群山漆黑如漆　一只手暗中抓住我

领我绕过处处陡坡　曙光来临时　柏枝在山崖上燃烧
不知道是哪一位嬷嬷认领了我
哦　柏枝在根培乌孜山燃烧　道路上全是苍苍祖母
那时我妈妈在昆明老家　我父亲刚刚退休
诗人阿甲在歌唱　红脸膛朝着山谷
关关雎鸠　关关雎鸠　向隐身的看守报告我们失去了方向
刘畅的棉布裙被一根羊茅草提了起来　就地免职
另有任用　她不知道自己已被白昼拥戴为夏日女王
永远不会知道　有些喜讯只是实施　永不颁布
语词是羞涩的　安和黛看不见了　隐入牵牛花丛
衣郎牵着他的妻子跟在后面　美好的两对　仿佛不约而同
都在尝试从下午的小径走回青梅竹马　郭面对土豆笑
他大笑着出生　苦笑着长大　微笑着来见朋友们
诗人见面就笑　张正笑得太多　陶醉于自己的酒窝
他睡在西宁的云下　保管着美的钥匙　他的酒存在河中
秋天的第一日　我在青海西宁　高原上　跟着这地方的诗者
走过溪流和桦林　走过亲爱的天堂故乡　在一个天堂与
另一个天堂之间　想起20年前与梅卓姐妹在格尔木
登上火车　于疾风中穿过唐古拉　抵达西宁时天空金黄
格鲁派的黄昏　塔尔寺灰沉沉　导游还没出世
独坐在密宗院的柱廊下　天黑时我长出了耳朵
听见了　我听见了　神啊　为什么我不能复述?
哦　世界　让我永远带着雨而不是伞　这是宗喀巴的
家乡　昌耀呵　来世你写诗的笔要再轻些
再轻些　那个夜晚在西宁火车站我没有你的电话
手机还在月球深处寻找接线生　查身份证的警察叽醒我
小旅馆的下铺　我刚刚梦见草原　风入四蹄轻
看上去我像某个逃犯　黑头发遮蔽着我的额度
那时我还没有剃　先生　逮捕吧　我暗藏着一颗光头
我真的是在假释　班果还在拉萨的集市漫游
最后的王子　正在卸任的途中　诗人　此刻我想念你
管灯者啊　你可以控制开关　但不能禁止我怀念一位诗人
我要照亮那一年　她刚写诗不久　灿烂地走过八廓街
梳着长辫子　因前世的语词转世于她的舌根而喜悦
落日下的《西藏文学》　荒凉正爬上编辑部的台阶
贺中在深夜喝酒　克列·萨尔丁诺夫在早晨喝酒
老虎在下午喝酒　拉萨河在春天的岩石中喝酒
歌手在暴风雨中喝酒　他们决心醒来　重返死亡之前
回到高原上的马厩　哦　牛羊　那时尼玛次仁在世
袈裟还没有穿旧　我跟着诗人穿过大昭寺的回廊
去他家　他的床很窄　他的眼睛很亮　他的酥油茶很烫

他在黑暗里捧着通红的炭　他会越境回到牦牛群中去吗
他要走了　他要走了　他就要走了　我黯然而坐
哦　智者　别抛弃我们　瞧　这是我的诗篇　城管
别罚穷诗人的款　他们只是贪恋语无伦次产生的利润
那一天我到了拉萨　我的城堡　我的上师　我的觉悟
藏獒们在街道上漫游　哦　伟大的看守　黑暗被它们
一团团收复　我记得有个小瞎子在林廓南路的酒馆唱歌
仓央嘉措　美好只来自残疾　我和马云离开时遇见玛吉阿米
她眼睛里游着拉萨河的鱼　我早已失去了船　旦珍妹子
你还住在米穷日寺吗　拉萨周围的群山永远白着
秋天又要黯淡　我以为它们会对陌生人吼　但没有
西宁　我热爱你　男人和女人的高原　你的羊肉串好大
我的狼走出了忧郁的森林　我的爱人走出了禁忌的果园
我要去山岗上对着青稞歌唱　我要去溪流中脱掉衣裳
我不确定这一切在将来是否会被时间收回
但此刻是美好的　非常美好　天空开朗光明
哦　站稳了　伙伴们　我们来到了山顶
看哪　夏宗寺的门开着

夏宗寺　2011 年　数码

治多　2017 年　数码

塔尔寺外面一盆煮熟的红薯　青海　2011 年　数码

这盆红薯很美。大地藏在黑暗里的东西敞开了，令人激动，黑暗，播种，收获，抖去泥巴，洗，煮，甜像火焰一样升起来。生活的美好。食物不仅仅是充饥，也是美好。多年前我住在一个地方，每天的早餐都是三明治。吐司两片，青菜一片，番茄一片，鸡蛋一片，沙拉酱适量。最科学的配方，长方形的，像一块切小的沙漠。相当不美，乏味。

塔尔寺　青海　2011 年　数码

塔尔寺　2011 年　数码

塔尔寺的走廊成了香客们磕长头的地方。磕长头是一门技术，得有工具，每个香客的工具都不一样，这些工具是他们身体的一部分。他们磨损这些工具，也磨损着寺院。这些工具只有一个目的，就是要帮助他们磕得长久。许多香客经年累月地磕，磕头已经不是技术，而是舞蹈了。这种运动永远不会成为体育，它是全神贯注的。人们在身体中进入寺院，用身体去朝拜。有些人抚摸它，有些人磕长头，有些人磕九个，有些人磕三个，有些人上香，许多地方被擦得铮亮，摸到塌陷，磨得露骨。就像古董店为新品做包浆。宗教是一种裹满包浆的东西。宗教不仅是抽象难懂的经文，是可以上手的，虔诚必须有动作。要迈步进去，要跪下，要合掌，要抚摸，要展开你的身体。身体被打开了。

一头被打扮得像新娘子的牦牛　青海湖　2017 年　数码

马头上的草原　青海湖　2017 年　数码

马尾巴之舞　青海湖　2017 年　数码

西宁至玉树公路上一个小镇的羊肉锅子　2017 年　数码

西宁至玉树公路上一个小镇的羊肉馆子　2017 年　数码

多年前的一天，中国西部。我和几个朋友坐在一家小馆子里，西宁至玉树公路上一个小镇里唯一的馆子。充斥着羊膻和汗味，可以想象里面经常挤满着食客，现在是晌午，没人。五张桌子，十几把椅子，桌子上摆着玻璃烟灰缸。搅拌得已经发黑的筷子。老板戴着一顶白帽。他说的话我听不懂，他对伙计说一种话，对我们说很难听明白的普通话。我们对他说昆明式的普通话，我们自己说昆明话，他也听不懂。正吃着，忽然闯进来四条汉子，三个黑炭，有一个稍微白些。大家各吃各的，咀嚼之声沉闷。他们说的是某种我不知道的话，老板听得懂，我听不懂。他们要了和我们一样的东西，馍、羊肉、白酒。一面墙上挂着一组图片，是十多个菜式的彩色照片，其实馆子里只有这三样。羊肉很难咬，馍硬得接近石头，这是为那种风暴般的胃口准备的。吞下去，然后喝几口酒。老板的小儿子坐在一个角落里看着电视《西游记》。外面驰来一阵摩托车的声音，在酒馆外面熄火。等着某个骑摩托车的人掀开门帘进来，但没有人进来。我们终于吃完，走到外面，阳光雪白，几乎把眼睛刺瞎。附近没有厕所，贴着后面的墙尿了一阵，那儿有一些废弃的建筑材料，一个污水坑。我们发动了车子，在柏油公路上扬起一股细烟。

黎明中的公路　治多　2017 年　数码

在青海那些次要的公路上，经常有牧人赶着牦牛群穿过公路。牦牛很调皮，它们有时候站在公路中央，故意挡着，狡黠地歪头瞅着司机，看他们急不急。司机不急，他们慢下来或者停车，等着它们穿过，不会按喇叭。这是一种地方风俗，一种古老的文明。那些牧羊人穿过公路很从容，一副先来后到、唯我独尊、这是我的土地的样子。世界之恶，往往是对先来后到这一古老秩序的破坏。尊重，重就是时间，尊重那些先来的。黎明，草原。牦牛、牧羊人，我们是最后到来的，不是吗？

一位僧人的手　治多　2017 年　数码

白螺湖边的香炉　治多　2017 年　数码

年轻的“格萨尔王” 治多 2017 年 数码

他是一位《格萨尔》的演唱者。我在治多县的一座舞台后面见到他，如遇天神。我还以为他是歌舞团的演员，不同凡响。后来在治多草原上，在白螺湖畔一场为格萨尔王的王妃森姜珠牡举行的祭祀中，我又遇到他。据说，森姜珠牡1000年前出生在长江源头治多县境内的嘉洛草原。“珠牡”是藏族美女子的称号，她的出生震惊万物，颠倒四季，冬天盛开鲜花，雪狮子出现在山巅，雷声响彻云端。据说，白螺湖是珠牡沐浴的地方。一个泉眼从大地涌出水来，形成了一个池塘。

我不知道他已经来了，站在人群里。仪式开始，几位《格萨尔》说唱歌手出场，他出现了，最年轻的一位，一摆长袖，开口就唱，我才知道他是。

二十年前，我在草原上听说了格萨尔王说唱艺人的传奇故事。藏学家降边嘉措说，“一字不识的放牧者，只因荒山野外、河边湖畔一场奇异的梦，醒来时，成串的格萨尔王的故事就会从他嘴里脱颖而出，滔滔不绝。藏族人称为‘神授’。许多《格萨尔》的说唱艺人生长在偏僻山村或者牧区，目不识丁，能够演唱、讲述十几部乃至几十部史诗故事，吟诵几十万、上百万诗行，是一个斯芬克司之谜。”我多次前往藏地，想找到一位歌手，他们就像荷马，二十年了，我从来没有见到。忽然出现了，有五位歌手。

天象变了，来的时候还有蓝天，现在乌云翻卷。天空中来了十万金刚、三千狮子、百头大象。歌声在阴沉的天空下自草原向上盘旋，如雄鹰。

他是不是神授，我没有问。他们只唱了几段，然后回到人群中不见了。在他们之后，长青春科尔寺的喇嘛诵经，喇嘛们将法号支在白螺湖边上，吹起来了，低沉。无人动弹，都在草原上默默听着，天下着小雨。闪电在云层中冲刺，就像兵器。

治多县城　2017 年　数码

坐在会场上的牧民们　治多　2017 年　数码

寺院都是古老的，哪怕新建的。寺院的世界观，传统决定它总是选择某些材料，依据某种制式，这是一个永远在重复自己的地方，法轮的转动就是一种重复。每个寺院无论结构、材料、新旧如何不同，总是会有一种旧世纪的氛围，这是我喜欢寺庙的原因。这里就像外祖母的房间一样，总是那一套，那种味道，那种阴沉感，那种速度，那种事物，那种声音。在都市，你可以接受地铁、摩天大楼等等匪夷所思的东西，但是寺院就是寺院。就像莫奈画巴黎圣母院，无论色彩如何变化，巴黎圣母院就是那个样子，否则就不是了。西方有些设计师别出心裁，将教堂设计成时髦的建筑，他们没有料到的是，虽然还是被称为教堂，上帝已经找不到了。上帝不仅仅是教条，也是一种古老的身体。我们感觉到上帝的在场，也因为那些教堂里阴暗的柱廊，那些有灰尘的祭坛。倒不仅仅是那些滔滔不绝说话的牧师。

我很喜欢高原上那些古老的寺院，那种古老的、日复一日的生活。有一天，我在贡萨寺里走，转过某堵土墙的时候，忽然看见一位喇嘛站在他的窗子前漱口，抓着一根白色的牙刷。瞬间，我就来到了中世纪，中世纪就是这样，在森严大殿的周边密布僧舍，黎明的光辉中，那些旧僧袍在地上扫来扫去。

贡萨寺的一面墙壁　治多　2017 年　数码

贡萨寺　治多　2017 年　数码

贡萨寺　治多　2017 年　数码

海拔很高　岩石和溪流呼吸困难　大地之王
贡献这广漠的铅灰色　寒冷　炉子　雪和无用
肉体的禁区　只有精神留下光溜溜的身体　山岗
一条条横亘在天底下　舒展着不言自明的教义
永远长不高的牧草是一支纪律严明而弯曲的军队
令一切归于平庸的神圣　秋杰次成帮巴所建
贡萨寺挨着石头　流水　护法殿的表面是赤色和
灰白色　壁画里面藏着真丝　真理只有露水的时间
与乌鸦和鹰隼平行　还有更深奥的　牦牛一边低头
寻找食物　一边将毛囊间的血　引向黑暗　这草原
有门坎　并不比跨进12世纪的圣殿轻松　脚一踏错
就陷进沼泽　这是一处基地　朱红色的蜂巢或者
大雄宝殿　看你有几只眼　白云皈依多年成为塔
昆虫在砾石间爬行　背着酥油　荞麦　牵着秃鹫
藏传的风　年轻人追随老年人　旱獭跟着羚羊
妇女们低头看地　裙子垂在地上　转经筒摇晃着头上
的辫子　父亲摇晃它　母亲摇晃它　儿子们摇晃着它
风摇晃它　老祖母在故乡的嘛呢堆旁摇晃着它　纺车
摇晃着它　牦牛总是一动不动　摇晃着它　在低凹处
朝圣者磨磨蹭蹭　爬了3000公里　犹豫在绝对的
信仰中　坚定　抵达时他们重新成为石头　哪有
荒凉　哪有丰富　世界在于如何认识　贫乏者
视天堂为野　神看见木碗中的花园　乌鸦永远
飞不出与生俱来的黑茫茫　沉思　捕捉　等待
辨识　坐在阴沉的大殿诵经　或者去山坡上看它们
做爱　微缩着黑夜　守卫偶像的藏獒蹲在走廊尽头
时刻使着法力　监护着质量　尊严　肃穆　寂寞
随时会吼起来　吐出多余的骨头　谁说它是一只狗
无人能够称量的黄金　来历不明的经文　伟大的手艺
谦卑地描出度母　有一根浸透手印的木棒来自
喜马拉雅森林　此刻神秘地搁在蒲团上　柏木
可以敲打出曙光　驼背的小喇嘛有一把7世纪的钥匙
领着我去开门　他叫顿珠　石头遍布山岗　确实有
无数珠子在等待出炉　不一定出得去　大多数终生
守着朴素　向一切致敬　然后回家　怀着喜悦
那是个好日子　朝拜了治多县的贡萨寺　秋天
刚到　草原微黄　我们的越野车在暮色中抛锚

贡萨寺　治多　2017 年　数码

贡萨寺　治多　2017 年　数码

那个早晨天阴，我在贡萨寺里漫游。在一处墙头，一头驴站在那里张望，它望着的方向是贡萨寺外面的荒野、山岗，其间有一条滚满乱石的小河。

贡萨寺外面的石头　治多　2017 年　数码

贡萨寺煨桑　治多　2017 年　数码

一位牧民家的茶壶、锅、锅铲和奶茶　治多　2017 年　数码

治多　2017 年　数码

草原上有些铁匠是跟着马匹走的，他们用马驮着铁砧子。炉子、锤子、钳子、砧子、磨石、马掌、铁皮桶、毯子……相当重。还有风箱袋，用羊皮做的，叫作比巴。铁匠强巴知道我没见过，他弯下身子，怀抱比巴，似乎在抚摸它，那袋子就活过来，开始呼吸，越来越剧烈，风就出来了，朝石头搭的火塘喷去，火焰开始舞蹈。他走遍加洛草原，干得最多的活计是钉马掌。这次他们一家子都来了，参加草原上的赛马大会。搭了一个帐篷住在里面，一个家族，奶奶、爷爷、舅舅、嫂嫂、叔叔、婶婶、哥哥、妹妹、儿子、姑娘、女婿、娃娃一群……架子上摆着大块的奶酪。帐篷中间架着一头剥了皮的羊。他们没有骑马，开来了一辆卡车。

邓珠奶奶家的水瓢　治多　2017 年　数码

五花马和它的主人　治多　2017 年　数码

尼玛次仁　治多　2017 年　数码

赛马　治多　2017 年　数码

一位背伞的香客　玉树　2017 年　数码

在源头

现在，也许是我这一生走得最慢的时候，那条大河，澜沧江——湄公河的源头已经不远了，还有十几米吧，我想我应该欢呼着雀跃过去，电视里的探险队抵达目标时都是这样的嘛。但我跑不动，这里不是山顶，海拔 4875 米，呼吸困难，只可以小步、气喘吁吁、慢慢地挪。就像遥远的婴孩时代，后面有一只大手扶着。其实后面什么也没有，回头看了一眼，那是亘古的荒原，沉默得令人绝望，有些干燥。九月，高蓝的天空上挂着刺眼的太阳，无数溪流在戈壁滩上闪闪发光。这源头不过是扎那日根山一处山包中部的一片小沼泽，长年细细地渗着水，像一只腐烂的眼。

令我惊奇的不是这源头，而是在它的旁边，建有一座红色的小寺庙，叫作嘎萨寺。当时我没有多想其意义。许多日子过后，回想起来，在一条大河的源头，坐落着一座寺庙，这情况在世界上也许独一无二。而且，这是澜沧江——湄公河的第一座神寺。那时我还不知道，世界上没有第二条河流，会像澜沧江——湄公河这样，沿水而下，屹立着无数的庙宇了。

在我们知道以前，某一次，造物主或者别的什么神灵，把地球上今天的喜马拉雅这个部位抓了一把，大地就像一块桌布那样耸起来，黑暗的内部被撕开，地质运动像一场革命那样爆发，火山喷涌，岩浆溢出，板块错位，地幔剧烈沉降或者上升，峡谷深切，巨石、泥土、洪流携带着未来的高山、平原、峡谷、河流、森林、温泉、坝子、洞穴滚滚而下，一直滚到大海中，苍茫大地面目全非。说是一次，其实那是在无数时间中无数次运动的结果，那时间漫长到任何人类的历史都只在弹指一挥间。可是当我从青藏高原的案发现场出发，沿着澜沧江——湄公河流域旅行的时候，我依然可以看到那惊心动魄的巨大运动的最后一瞬，似乎巨大的拉扯撕裂刚刚结束，创造大地的造物主刚刚拔腿离去，还听得见它的脚步声在天空下“咚咚”回响；无数的碎裂、堆积、垮塌、平铺、抬升、压制、填充、空转、搓捏、喷射、嚎叫、尖利、跌扑、漫溢、散落、突出、最阴森黑暗的、最光明灿烂的、阻隔压抑郁闷煎熬的、无边无际坦荡雄阔的……刚刚凝固，世界现场方才尘埃落定。

在地质学上，这个运动被叫作喜马拉雅运动。喜马拉雅运动是新生代地壳运动的总称，因为这个运动形成了喜马拉雅山而得名。这一运动对亚洲地理环境产生了重大影响。科学界认为，上新世末期、更新世初期，在印度板块的强大推挤下，中国和印度之间的古地中海消失，青藏高原整体强烈上升，隆起为世界最高的高原，产生了无数新的峡谷、河流，形成了我们今天所见的地貌格局。

山河各得其所，天空了无痕迹，大地被完成了。大地是什么意思呢？没有意思，就是这样，你第一次看到的这样。老子说，天地无德。2006年的秋天，我在澜沧江大峡谷中漫游，河流在高原的底部沉闷地响着，很难看见它，它只是在刀背一样笔直切下的褐色山脊的裂缝里偶尔闪一下粼光。忽然，一块巨石如囚徒越狱般脱离了山体，一跃，向着峡谷滚去，带起一溜黄灰，滚了很久。以为会听见石块砸进河水的声音，却像流星划过宇宙那般哑然了。在遥远的童年时代，朦胧中我经常感觉到遥远群山后面有流动着的声音传来，来自西方的风中似乎藏着滚滚车马。那时候我不知道群山深处藏着一条河流。而现在，这河流就在我脚下的地缝里，我们的越野车停在碎石辚辚的公路上，我们将前往这河流的源头。

当我在地图上查找澜沧江源头的时候，我发现无法在纸上看出它的源头，在它的开始之地，青海省的杂多县境内，这河流像掌纹一样呈现于高原，无数的细线。我们习惯为事物确定它的核心、主流、中央、开始。我查阅了科学界的报告，发现直到现在，关于澜沧江的源头一直是个悬案。在地理学界，世界著名的大河源头的确定一直被视为重大的地理发现。19 世纪 60 年代到 20 世纪末，包括法国国家地理学会、美国国家地理学会和英国皇家地理学会在内的国际著名机构资助和支持了十几支探险队进入澜沧江——湄公河河源区，寻找源头。1866 年，6 个法国人出发去寻找澜沧江——湄公河源头，他们跨越了近 4000 公里的旅程。最后被无数的水源和恶劣的气候弄得晕头转向，千头万绪，根本找不到源头。1997 年，已进入古稀之年的英国著名探险家米歇尔·佩塞尔（Michel Peissel）出版了《最后一片荒蛮之地》，书中他自称在 58 岁的时候找到了澜沧江源头。他宣布澜沧江——湄公河发源于海拔 4975 米的鲁布萨山口，以注册世界探险纪录闻名的英国皇家地理学会接受了佩塞尔的说法，但佩塞尔对他找到的源头精确位置的地理坐标却语焉不详，而地图上也找不到“鲁布萨山口”。在过去的 130 多年里，至少有 12 批人前往寻找澜沧江——湄公河的源头，各种资料上记载的关于源头的所在有十几种，而以不同源头为起点的河流长度也有多种，估测的长度从 4000 公里到最长 4880 公里不等。

1999 年 6 月，有两支中国科学考察队先后出发：一支为中科院自然资源综合考察委员会关志华教授带队的德祥澜沧江考察队，他们测定的澜沧江源头数据为东经 94°41′44″、北纬 33°42′31″，在海拔 5224 米的拉赛贡玛的功德木扎山上。另一支是中科院遥感所刘少创的澜沧江考察队，这个考察队其实就是他和几个带路的当地牧民，三次考察后，他确定澜沧江的源头在青海省玉树藏族自治州杂多县吉富山，海拔 5200 米，地理坐标是东经 94°40′52″、北纬 33°45′48″。如从这里算起，澜沧江（湄公河）的长度是 4909 公里。刘少创的考察是科学界对澜沧江源头考察迄今为止最后的数据。

我抵达的这个源头位于扎那日根山海拔 4875 米处的一块岩石旁。2006 年 9 月 18 日中午 12 点左右，我来到这里，看到未来的大河就从这石头下泪水般地冒出来，我踉跄几步跪了下去，我一生从来没有这样心甘情愿地下跪过。泉水在我的两膝下汩汩而出，那不只是出水的地方，也是诸神所出的地方，是我的母亲、祖先和我的生命所出的地方，一个世界的源头啊！

在科学界看来，这里也许算不上是澜沧江的源头，因为它并不是河源地区众多水源最长最远的那一个。可在当地人看来，这就是源头。科学家的源头是科学家的源头，当地人的源头是当地人的源头。当地人确定的源头比科学家早很多年，在科学还没有出世的黑暗时代，这源头就已经存在了。这个源头是万物有灵的产物，这是黑暗时代的光，给人类启示，人类通过它，意识到生，它是大地母亲的一个胎盘。神是什么，就是那种能够生的东西，许多生的迹象隐匿了，但水源敞开着。神灵在此栖居，这就够了，人们建立了一座寺庙，并没有像科学界那样大惊小怪，所有的神迹它们都要侍奉。出水的岩石上靠着一块石片，上面用红色油漆写着几个笨拙的字“澜沧江源头，青海省旅游局探险队立”。油漆都还没有干透，队员们刚刚发现这里，大喜过望，一个旅游资源！他们开着吉普车一溜烟跑回单位报告去了。源头，当地人建的是一个神庙，后来者建的是一个单位标志以及随后的开发计划，这是古代和现代的区别。

澜沧江源头有多股，西边的两股是扎那曲和扎阿曲，从扎那日根山一带流出，这两源与东边的日阿东拉山流出的布当曲在杂多附近汇合成一股，叫作扎曲。藏族人把河流的源头叫作扎曲，澜沧江的源头是扎曲，长江、黄河的源头也是扎曲。扎曲的意思就是“从山岩中流出的水”。各源头相距几十公里。从此源到彼源就是开车也得走上一天。源头当然不止这些，许多是地图上看不见的，没有名字，只是有水冒出来。

科普电影给人造成的印象是，大河源头都藏在杳无人迹的地区。地老天荒或者冰封雪冻，普通人是永远走不到的，走到的那就是英雄豪杰、仁人志士。所以当我站在澜沧江的一个源头旁的时候，真有些不敢相信，虽然也在路上折腾了十多天，但到达这大河的源头并没有想象中的那么艰辛，是吃了些苦，可还没有辛苦到可以撰写丰功伟绩的地步。我在两年前就已经到过湄公河的出海口，当我乘着一艘越南快艇顺着湄公河驶向南中国海的时候，回首遥望远方，云深地阔，心中茫然，也许我是永远也到不了这大河的开始之地吧。可现在，就那么不起眼的一块石头下冒出的水，人家说这就是那大河源头。很难相信，就这么一点点哭泣般的细流，到后来会成为那样滚滚波涛的大河。而且眼前这场面与我期待的是多么不同，当我们走向源头的时候，后面跟着一群来看热闹的藏族人，大人少年，前呼后拥。他们搭了帐篷住在那座小寺庙旁边，正在为嘎萨寺刻嘛呢石。嘛呢石，就是刻了佛教经文的各种石头。有人摸了摸我穿着的彩条毛衣，我回头看，却是一蓬头垢面、胡子拉碴的中年汉子，正咧嘴笑呢，贾赛洛翻译说，这位是村党支部书记，这些为自己转世前来刻嘛呢石的藏族人，就是他领队的。不过，此地的居民也就这七八个人而已，世界的尽头再没有别人了，陌生人的到来那就是节日。我很费力地捧起一些水，水很浅，捧得太过就要搅动泥沙，喝了一口，很凉。

三天前，我和几个旅伴到了青海省的杂多县，这是澜沧江源头地区的行政中心。从玉树市出发到杂多县，里程 176 公里。在距离玉树 36 公里的一个路口右转，就进入了荒原。道路基本是柏油路，但有些路段已经被各种车辆“啃”成洗衣板了。河流中游群峰耸立的景象消失了，大地平展，形成了一个巨大的台面，可可西里大戈壁已经不远。高山无影无踪，只剩下些光秃的头，骑着马就可以奔上去。有时候大地裂开巨缝，汽车就得驶到地层下，再爬上来。这是世界上最壮丽的道路之一，景象荒凉动人，看不见一棵树，白云低垂在地平线上，偶尔有个头在山包的边缘一晃，那是旱獭的脑袋，它们在地上挖了无数的洞。乌鸦停在天空，一动不动。牦牛部落远远地站着，看看什么也没有发生，又继续埋头吃草。大地像一位苍老的父亲，宽厚而沧桑。世界美到完全丧失了意义，我明确地感受到何谓伟大。美是平庸的东西，伟大其实是平庸的累积。天地有大美而不言，你也不要说话，任何赞美都相当弱智。伟大其实是枯燥的，为了这伟大的荒凉，你不远万里而来，但只是几分钟，已经厌倦。偶尔会经过一些帐篷，没有电，居民们用太阳能发电机取电。夜晚来临时，道路两边时不时出现一丛丛幽蓝的光块，里面藏着一台台孤独的电视机。当我们晚上 12 点左右到达扎多的时候，县城已经停电，就像古代的村庄，灯光细微，偶尔有手电筒在黑暗深处一晃。

杂多县只有一条街道，街道两边是铺面、住房，之后就是荒野。一条水泥大街，看起来有点儿敷衍了事，只为着象征现代化已经来到这个遥远的地方，是否实用倒在其次。风一吹，大街似乎就飘了起来，旗开得胜的总是那些从外地来做买卖的人带来的塑料袋，一个比一个飞得高。全城通电才两个月，供电是定时间的，到晚上10点就停电了。大街两边有新开张的小店和旅馆，都关着门。一个人骑着摩托从荒凉的远处驰来，敦实的藏族汉子，毫无戒心地笑着，他是杂多县的旅游局局长，50多岁，名叫贾赛洛，过去是县冷冻厂的经理，去年才被任命为县旅游局局长。局长先生其实是个光杆司令，上任一年了，并没有办公室和经费，从来没有念过一份文件。外面来了人，他就陪着走走，当个向导。他将带着我们去莫云乡，澜沧江的一些源头属于这个乡管理。打过招呼，老贾从摩托车后座卸下一个大包，里面装着他老伴做好的羊排、糌粑粉和酒。

从扎多到莫云得走半天，土路，有的地方路已经断了，汽车得自己开路，爬上爬下，说过沟就要过沟，说涉水就要涉水，除了越野车、摩托车，一般的车是没法开的。没有加油站，我们装在车里的一桶汽油漏了，整个车厢全是汽油味，熏得人人欲呕。老贾是个健谈的人，一路上嘴就没有停过。车行一个多小时后，我已经知道了他的历史，都是些小人物在大时代里逆来顺受的遭遇。他说话从不忘记在场，刚刚说到他父亲如何被抓起来，忽然指着车窗外，那里有头牦牛，你们那里有没有啊？正说着他和一姑娘的往事，忽然建议，左方这条路可以到扎青乡，考察队都去的。插话长达十分钟，接下去讲到扎青乡的乡长是谁，他家隔壁住着央宗，是个美人啊，我的一袋青稞粉还放在她家呢。“是不是去一趟？”他真的认为我们可以立即打转方向盘到数十公里外的扎青乡去。话题向西偏移了几十公里，接着又回来了，继续说他父亲，他如何成了孤儿，如何挨饿，“要不要吃块羊排”？拉开大袋子，搜出一块，腰间解下一把藏刀，说时迟，那时快，他已经割下肥硕的一块，往嘴里一塞。继续讲后来如何参加工作，如何结婚，没有一句抱怨，他有一种把地狱说得跟天堂般美好有趣的本事。每经过一个垭口，山包上就会出现一个嘛呢堆，上面缠着彩色的经幡。他总是要取下毡帽，露出白发苍苍的头，垂下，默念几句经文。如果停车的话，他就要跪到地上顶礼膜拜。一路走，一路介绍着外面的荒原，凹下去的这一大片是格萨尔王的头发，那边是他的眼睛，这个山包是他的老婆，这边是他的帐篷，这里是他女儿的庄园，这是他的四个传令兵……他说的就是大地，他说扎那日根山是格萨尔王的守护神，是这个地区的众山之王。他指向大地的手势非常肯定，决不会搞错的样子。是母亲告诉我的，老贾说。科学考察队可从来没有告诉过我们这些，他们好像集体虚构着一个无人区源头的神话。跟着老贾走这一路，我才知道在当地人眼里，这里根本不是什么荒凉之地，伟大的格萨尔王及其子民已经在这片大地上住了无数代。对于人民来说，这源头地区的每一块土地都是神性的，都是被命名了的，都是诸神住着的，散落着各式各样的传说、遗迹、传奇。是了，如此荒芜、严寒、生存艰难的地方，如果居民们没有诸神的陪伴，如何能够传宗接代?

从地图上看，莫云乡已经是可可西里大戈壁的边缘地区。莫云乡是澜沧江源头地区的最后一个居民点，行政的末梢，乡上一年只召集两次会议。但大地上的居民点并没有到此为止，在那些没有行政人员驻扎的广大区域，人民依然像古代那样逐水而居。老贾告诉我，莫云是藏语，莫是一种红里带黑的颜色，云是地方的意思，就是褐色的地方。这里冬天不会下雪。汽车进入了戈壁滩，到处是溪流和卵石，一片高地上出现了几排灰砖砌的小平房，那就是莫云乡政府。一下车，就看见平房外面的空地上搭着一个帆布的大帐篷。我不由自主地低头钻进去，里面的场面把我镇住了。一位裹着红色袈裟的大喇嘛高坐在中间的蒲团上，正闭目捻珠，两边各坐着一位僧人。这光景就像是一个活着的大雄宝殿。活佛一动不动，面有笑容，如微放的莲花。两位弟子见我如此唐突地闯进来，只是笑了笑。我若有所悟，一言没发，退了出来。后来知道，他们是从果洛藏族自治州来的，乘着一辆大卡车在高原上漫游说法。天色已晚，我去睡觉，次日 6 点起来，外面还是星光灿烂，活佛已经走了，留下一片空地，被残月照着。

从莫云乡到澜沧江源头还有 30 多公里。我们以为源头也就是溪流一股，顺着走就到了。到大地上一看，才发现现场同时有无数的溪水流着，根本不知道哪条是源头。乡政府的老春答应带我们去，他是个结实的小个子。我们昨夜就住在他家，吃酸奶和老贾带来的羊排和糌粑。在高原上，酸奶像水一样，人们很乐意你吃他们的酸奶。酸奶做得好不好，代表这家的生活质量。屋子里燃着火炉，暖融融的。老春的儿子是个驼背、很英俊的小伙子，长得像个意大利人，表情高傲，把自己盖的羊毛毡子默默地递给我，只是微笑，牙齿雪白，我们不能说话，语言不通。杨柯把他的面霜送给老春的两个女儿，她们一晚上闹来闹去，把面霜抠出来，在彼此的脸上抹花脸。次日吃过早饭，老春就带我们去澜沧江的源头，他说，那里有国家立的碑，在莫云，只有我一个人知道那里，我跟着考察队去过，我们本地人的源头是在另一边。我这才知道，当地人的澜沧江源头与国家考察队确立的并不相同。老春已经带着几批人去过那里，这是他的任务，没有任务他是不会随便去的，那里离他的生活范围太远了。这几年天气热，雪化得多，那个源头好像已经干了，不出水了，老春在车子走到一半路的时候偶然说起，这是个重大消息。我们愣住了。老春安慰说，会干的就不是源头，那就是雪水，他说出了一个真理。大地面目全非，老春已经看不出原来的模样，他只知道大概的方向，我们在荒原上绕来绕去，看上去一马平川，但是寸步难行，到处是坑坑洼洼、沼泽、碎石、裂缝、洞、溪流，车子经常搁浅，一直走到天黑，已经到了水源所在的大概地点，但是没有水流过来，怎么也找不到那个标志着水源的石碑，这烟头般的小石片已经被大地藏起来了。只好放弃，回去的时候完全迷路，在夜地里转了很久，才摸回原路。老春说，明天去我们本地人的那个源头，那里还有水。老春不跟我们去，他说那个源头很好找，当地人都知道，经常要在那边念经的。

天空蔚蓝，强巴的脸黑暗如夜，这是被高原的阳光给烤的。两只眼睛像宝石一样藏在帽檐下，雪亮。黎明时我们遇到了他，他正在荒原上游荡，站在纵横交错的溪流之间扔石子，试图击中点儿什么。偌大的荒原，如果建为城市的话，也许可以住几十万人。空阔、透明，几公里开外有任何动静，立即就能看见。我们已经迷路，原地打转，不断地沦陷，要去的方位大体是知道的，可就是走不出戈壁滩，过路的藏羚羊集体停下，翘起脖子，惊讶地望向我们，只一瞬，像是被谁戳了一下，又旋风般地驰向荒原深处，使我深感内疚。已经多次，但我还是不能确定我是否真的看到过它们。强巴就像是藏羚羊派来搭救我们的神灵，他远远站在河滩上举起双臂挥舞着，司机扎西鼓足勇气猛踩油门横越流水，将它们一道道砍成两扇，终于挣扎到他身边。少年上了我们的越野车，带来了大地的湿气。他显然不是第一回为外来的车子带路，他握着弹弓，老练地指引着路线，在这原始之地，他就是道路。他的路线是步行的路线，是用脚的，汽车跟起来相当困难，有的地方车子倾斜到几乎就要失去平衡翻将过去，它已经成了摇摆舞明星。我其实不知道强巴的名字，他没有问我的名字，我也没问他的名字。我过去看过《农奴》这个电影，觉得藏族人都叫强巴，就把他叫作强巴。

地图上标的扎那日根山的海拔是5550米，就想象那是一群积雪的雄伟高峰。其实只是平坦大地上一个个敦实饱满的山包，像是女性身体凸起的部分。大地，高处是没有峰的。低处是平原大海，中间部分才群峰对峙，犬牙交错，这是我从澜沧江的源头到湄公河出海口走了一路后得出的印象。山包顶部残留着一块块积雪，很多正在融化，雪水顺着山体裂隙淙淙而下，流到平地上，千条万道，方向不一，有的向东，有的往西，滚滚而去，忙忙碌碌，各自埋头运着什么，令人眼花缭乱。越野车跳上一片高地，不能再走，我们得步行了。下了车，强巴指着不远处的一个山包，“喏”了一声，就看见红色的嘎玛寺，然后看见寺庙右边光秃的山包上湿着一片，莹莹闪光，有一股水刚刚淌进世界。

四年前，我开始澜沧江——湄公河的旅行，我的梦想是抵达这条大河的源头。旅行不断地开始，又不断地中断，那些发誓和你一起抵达终点的人失踪了。当你到达的时候，只是独自一人，与我同时抵达的伙伴，来自另一些信誓旦旦的人群，同样的只剩了他一个。出发地的群众消失了，抵达终点的都是孤独的人。当时肯定有某种力量鼓舞着我出发，这种旅行并非易事，是要拿命抵在现场的。我已经说不出我是怎么走的这一路，不知道为什么来到这里，没有任何理由，完全莫名其妙，内心有些空虚。等我慢慢地忽然老了般挪到源头的时候，强巴已经蹲在那里，看见我跪下去磕头，他并没有惊讶。贾赛洛对国家探险队确立的源头不以为然，这个才是源头，那个是国家的。扎纳日根山是领导众神的，嘎玛寺是祭祀这个神山的，这个水源才是澜沧江的正源，这是老贾和他的乡亲们的道理。

大河的源头绝不是单一的，就像文明的起源一样，你无法说一个文明的起源只与某个地区、某种生活方式有关，简单的文明可能如此，但作为一种伟大的文明，它的起源是复杂的。

河源唯长，是科学家的观念，而对于人民来说，源头并非只是唯长，哪里有水出来，哪里就是一个源头。就是河源唯长也无法一锤定音，大地活着，大地不是钢卷尺上的各种僵死刻度，河源会变化消失，会从别的地点再生。人民并不遵循河源唯长的原则，民间的源头与生命和神灵有关。我在澜沧江上游地区漫游的时候，在大地上听到居民们谈起源头，民间传说，澜沧江的起源，是因为远古一个天神被迫害，成了魔，他盘踞在源头地区。莲花生大师降伏魔头，手掌一按，手指成为山脉，手指之间就是三江。澜沧江、长江、黄河就从手指之间流出。我听说的澜沧江源头至少有五处。一个源头被认为来自查加日玛，藏语的意思是“多彩的山”。而老贾告诉我，还有一个源头是五世达赖认定的，书上有记载，五世达赖当年步行去北京回来的路上经过扎多，途中休息，指出一处水源。

嘎玛寺非常耀眼，混沌、灰暗、贫瘠、荒芜的大地，没有丝毫文明迹象，突然间出现了这个建筑，仿佛一身红袍的神从天而降。寺庙是新修复的，但历史悠久，建立于依然在世的人们之前的时间中。知道其历史的人已经杳然，传说只是道听途说。但这个寺院供奉着一个水源，这个水源是澜沧江的母亲之一，这一点确凿无疑。

嘎玛寺是石头垒建起来的。喜马拉雅山脉到处散落着石头，在这个地区，山是神圣的，水是神圣的，石头是神圣的……也许宗教就起源于人类对大地上石头的挪动。也许在遥远时间中的某一次，某人第一次挪动了大地上摆着的石头，把它们堆砌起来，原始世界就被改变了，“高于周围的世界”——这种东西被创造出来，这是崇高的起源。这些被挪动的石头忽然就与众不同了，不再是普通的石头了，它们高了，从石头中出来了。也许最初只是高起来，成为一个实用的火塘，给人热力和光芒，人因此可以烹烤食物，黑暗得以照亮，生命得以延续、丰富。而同时，这些垒起来的石头也形成了坛——宗教的基础。意大利考古学家G·杜齐在《西藏考古》一书中也说到大地上那些被神秘地移动过的石头。直到今天，当我在高原上漫游，还经常可以看见无名者用石头垒起来的坛，只是一堆石头垒叠起来，没有任何文字，没有用途，被雨雪阳光洗刷之后，比周围的石头更白。除了无名的石头堆，澜沧江源头地区还有无数佛教徒用石头垒起来的嘛呢堆，信徒们穿越大地的时候，经常在他们感觉神灵会出没的地点垒一个嘛呢堆，大大小小刻着经文的石头堆垒在山垭口、村庄、寺庙外面、河岸、山谷……有个传说是关于嘛呢堆的，在世界创史的时代，在白色的冰川带筑了一个石堆，创世的嘛呢堆。

嘎玛寺里面的陈设色彩艳丽，供奉着我没见过的神像。贾赛洛告诉我，这是一个噶举派（白教）的寺院。噶举派是藏传佛教中的一个教派，是在十一二世纪藏传佛教后弘期发展起来的，属于新译密咒派。创立者先后有两人：一位是穹布朗觉巴（990—1140），另一位是玛巴罗咱瓦（1012—1197）。噶举派的经典主要是《四大语旨教授》，祖师与弟子通过口头相承，几百年血脉不断，遂被称为语传。

寺院外面的空地上，几组用绳子拉起来的彩色的风马旗搭成了一个塔形的圆，地面上摆着无数刻了经文的圆石。经文刻得很美，像是花纹，涂成红色，就像一张张笑开了的面具。荒凉无人，亘古的大地上摆着无数石头，忽然间，这一群出现了花纹，与众不同，得道成仙了，高于荒天大野，荒于退隐，此地有神灵驻守，这就是文明。如果不是刻石头的人们就在旁边，我会以为这是来自黑暗宇宙的秘符。藏族群众自己带着粮食和工具，走很远的路来到嘎玛寺，搭了帐篷住在寺院旁边，吃简单的食物，每天找来石头，用凿子在上面刻下经文，已经刻了很多，密密麻麻的一片。他们每年都来一段时间，平时在家务农。没有人要求他们这么做。在他们眼中，这都是自觉自愿的，是功德，这工作可以转世，得到善果。他们刻得非常认真，越刻越好，自己并不在意好坏，没有刻得好刻得坏这种是非，没有这种标准，只要刻，那就是好；只要用心去刻，那就是善。这真是一个雕刻的好地方，石头唾手可得，乌鸦走近又离开，饮用水摆在大地上，随便取用。安静，遥远，地老天荒，只有叮叮当当的声音，有人已经成为石雕大师，刻得美轮美奂，自己并不知道。

石头、寺院、经幡、刻石头的匠人，组成了一个坛城，安静地守护着那微弱的水源，并不在乎其将来在高原下面的滔滔江水。这是一个永不张扬的圣地。

觉悟者自会觉悟。

如今，高原上骑马的人越来越少了，昔日传说中的骑手如今纷纷改骑摩托。一匹马过去卖 20000 元人民币，现在卖 8000 元，相当于中档摩托，摩托进入澜沧江源头地区不过几年，高原上的骑手们已经把它玩得跟骑野马似的。通过电视，骑手们很快领悟了那些西方摩托车手与他们的共同之处，他们在摩托车上安装橡皮飘带，挂上青铜制作的老鹰头像，戴起墨镜和传统的毡帽，行装在放牧牦牛的劳动中打磨得风尘仆仆，将现代时髦与原始粗犷结合得毫不做作、时髦而准确自然。令人恍然大悟，摩托本来就是为野性、强壮的体格、行动、旺盛的繁殖力、女人和自由的奔驰而设计，源自美国西部牛仔圈或者某个波希米亚部落的世界性时髦在这里回归了它的本色，而且比本色更酷、更真实，因为这个世界没有“酷”这个词，酷不需要表演，那高原本身就很酷，你必须酷才能在那高原上生存。我们经常遇见这些骑手，提起肌肉绷紧，似乎就要绷裂的大腿一踩发动机，扬起灰尘奔驰而去，转眼间，已经在山梁上腾空一跃不见了。那些在电视里被观众大惊小怪的摩托障碍赛与之相比真是小巫见大巫。他们的后座上经常坐着女子，她们同样彪悍、吃得苦耐得劳，美如希腊女神，她们肤色更深，因为离太阳最近，巨人安泰的妻子，摩托呼啸远去时，似乎后面有一大群孩子跟着跑呢。摩托车手阿金邀请我们去他的帐篷里喝酸奶，他刚花 6500 元买了一辆红色摩托车，摩托车翘首站在帐篷外面，擦得雪亮，好像已经获得了生命。藏獒漆黑如夜，站在摩托车旁边，也许视摩托车为兄弟，它吼陌生人，但不吼摩托。阿金一家分住在三个帐篷里，他父亲、母亲和弟弟住一个，他哥哥家住一个，他自己家住一个。还有一个新帐篷，里面还没有住人，那是给他弟弟结婚用的，四个帐篷散布在一条蜿蜒的溪流旁。不远处是尖利的山峰，像是从大地深处刺出来的短剑。高原上有些峰只有最高最尖的这一截，下半部被远古的泥石流埋掉了。天堂般的风景，只住着阿金一家。阿金的生活来源一是靠养牦牛，二是靠挖药草。牦牛是不卖的，家族成员之一，永不抱怨的奶妈，跟着这个家族直到老死。他们一家有两处牧场，冬天和春天的牧场在山背后，夏天和秋天的牧场在这条溪水旁。溪流来自哪里，不知道。那座山是什么名字，不知道。那朵云是什么名字，不知道。教育给害的，我们经常忍不住要问些考察队的馊问题，都被回答不知道。为什么要知道呢？在者自在。日常用品到杂多去买，骑摩托车得六七个小时，那不叫远，从前，他们骑马或者走路去。每年都要搬两次家，这是祖先传下来的规矩，牧场轮着放荒，有利于恢复生机。他父亲 76 岁了，有三个妻子，其中一个是阿金的母亲，都是老妈妈，坐在草地上捻毛线。他们每天的生活就是放牧牦牛，挤牛奶，制作各种奶制品，用奶酪到集市换成青稞粉、面粉，这些已经足够他们过日子。他家养着 20 多头牦牛。每头牦牛价值 1700 元左右。冬天的时候，他们一家在山上挖虫草、贝母、大黄……收入不菲。但是，越来越少、越来越少，挖虫草的人太多了。许多牧民发了财，就在杂多盖房子。阿金并不想搬到杂多去，“我不喜欢杂多。”阿金说。牦牛群足够他们一家安居乐业了，这个世界并不需要很多钱，但他还是拼命地挖虫草，他对未来有一种担忧。雪越来越少了，水越来越小了，草也在减少，与童年时代的高原相比，高原已经瘦了很多。他父亲是高山一样的人物，岩石已经刻入他的灵魂，来自遥远的时代，他说的那种藏语已经很少有人可以听懂了。他说起格萨尔王可以滔滔不绝地说上几天，但平常一言不发。帐篷旁边塑着一个嘛呢堆。阿金的哥哥在寺院里当喇嘛，帐篷里也有他的铺盖。他睡觉的铺盖是全家最好的一套，他是神在家中的代表。帐篷内部的一切都依据经验摆得有条有理，外人看不出名堂，以为杂乱无章。正中是神龛，一切都环绕着它，使帐篷内部看上去像是一个小殿。帐篷是圆的，中又是哪里呢，这是只有主人自己才知道的方位。睡觉的铺盖白天卷起来顺着帐篷边放着，前面铺个毯子，就是简易的沙发。帐篷里的地就是土地，舂实了，晚上睡觉把牛毛毡子一铺，很暖和。用土和石头砌的灶安在帐篷口，帐篷顶上有个洞，烟可以从那里出去，烧火用的是晒干的牦牛粪。需要水的话，就走下坡，去溪流里提一桶上来。牦牛真是大恩人，穿的、垫的、吃的、烧的……全靠它。食物很简单，油煎饼子、奶茶、酥油、酸奶、荞麦糌粑，与古代差不多。阿金给我舀了一大碗酸奶，酸得要命，洁白得要命，我从来没有吃过这么纯正的酸奶，我来的那个世界真是太甜了，什么都加了糖。阿金的妹妹卓玛与一个小伙子相爱，结婚的日子就要到了，他住在另外一条溪流旁。这里时而阳光灿烂，几乎把人烤焦；时而下雪，时而下冰雹，气候反复无常。高原，到哪里都很遥远，我以为阿金一家很孤独，没有邻居，就是有，也不是一时半会就能赶到的。可是等我喝了酸奶走出帐篷，外面已经停着七八辆摩托，一群高原汉子已经盘腿坐在外面的草地上了，獒没有叫，所以我不知道。阿金说，他们开着“马”来了。他们怎么知道阿金家有陌生人来访？这里没有手机、电话，天空中没有暗藏着无线网络，这是高原生活的秘密。遥远只对于生人，对于当地人来说，我们那种遥远并不存在。他们的时空与我们完全不同。这样的事情在高原上很正常，两个朋友在扎多一家小酒馆见面，吃羊肉，喝烈酒，互赠宝石。分手时说一年后的今天还在这里见面，一年后的今天，都来了。其中一个小伙子就是卓玛的未婚夫。抱着一只琴，已经弹起来，天国的音乐、流水、风、白云。牦牛也仰着耳朵。后来他们要求与越野车合影，琴手坐到方向盘前，边弹边照了一张，还不够，又戴上墨镜，再来一张。牦牛披着自己的毛，忽然跑几步，忽然发情，大多数时间低头吃草。夜里成群趴在山岗，天亮又站起来。有一头牦牛是牦牛群里的美人，黑的身子，脸却是白的，有着温柔可爱的表情，大家早就公认，把它赶过来，也照上一张。另一只獒独自蹲在荒原深处，默默地看着一切，仿佛黑夜被它卷成了一团，藏在它的身体里。

那是遥远的一日，我只身躺在高原的一个帐篷里，女人蹲在暗处打酥油茶，他家叔叔坐在地毯上念经，灶头上炖着一锅子水，冒着热气。妈妈在外面草地上带着孙子玩。爷爷和一个儿子在山坡上收集牛粪，将它们捏成一个饼状，晒开，等干透再垒起来，作为燃料。那是九月，高原秋天已深，再过几日，这家人就要迁移到冬季牧场。此地只剩下一堆黑色的土疙瘩，那是废弃的灶头。

玉树市是青海省玉树藏族自治州的首府，海拔 3500 米。我们到达的时候已经是晚上，没有灯红酒绿的夜生活，大街上空旷无人，有的小店还亮着灯，有人在喝酒说话。旅馆是过去的招待所模式，仅仅让你睡个觉而已，房间里除了有个图像不甚稳定的电视机外，就没有更多供睡觉、洗漱以外的多余东西，豪华在这里没有用处，身体之外的符号在这里没有优势，有辆珠光宝气的车子算个啥呢，如果它无法在戈壁滩上奔驰，无法在陷入泥石流时一吼而起。在这里，身体太重要了，养尊处优相当于受罪，要讨生活，就得随时准备迎着毒日头，与那些行动敏捷的藏羚羊一道穿越荒原。电压不稳，房间里光线昏暗，催人睡意，才9点钟左右，大部分居民已经睡去。黎明时推开窗户，就看见远处有一座独立的山屹立在光辉中，山顶上有一座红色寺院。拔腿就朝着它去了，有一种吸引力。世界的宗教建筑总有一种吸引力，去看看，谁在那儿。穿过古老的居民区，随时会遇见举着转经筒缓慢行走的老人，就像一只只已经得道的老山羊。自来水龙头被锁在黑漆漆的小房子里，接水的小姑娘不想站在里面，她把桶放进去接水，自己站在外面听着水声。安放着转经筒的小庙与居民房紧紧相连。普通的土墙，标语、缺口、外乡人乱贴的广告什么的，忽然消失了，墙上出现了一排像是从土里钻出来的转经筒，前面的转经者刚刚离开，转经筒还“咕噜”地响着，后来者不由自主就伸出手来，跟着一把一把地转起来，转了十几个，一个巨大的转经筒出现了，已经高悬在黑暗的房间里，流溢着金光，下面，转经的人一人把着一个柄，跟着巨筒转三圈才离去，一边转，一边念念有词。一老妈妈低头离开了，我插进去，跟着转起来，握着转经筒的柄，我感到一种悬空的力量，你必须用力去推动它，但转动起来的东西是一种无形的，那绝不是铜皮和木头制造的圆形器物。转经筒令人着迷，许多转经的人整日转着经筒，从不疲倦，经筒仿佛已经成为他们身体的一部分。在另一个转经房里，我看到人们搬来椅子，坐在经筒下，长时间地转着，聊着天。转经房与水井、碾房、榨油坊、小卖部一样，是人们日常生活中不可须臾或缺的东西。这里是本地居民的客厅，谁都可以进去，具有社交的功能，人们在这里见面、聊天。而更重要的是，使人们保持着敬畏之心。神与我们同在，做什么事都要想着。宗教生活在这里不是那种刻意做作的仪式，就是挑水吃饭一类的事情。就是孩子们放学归来，也玩耍着转经筒，也许他的学校永远都不告诉他谁是释迦牟尼，但通过故乡的这个转经房，他冥冥地感觉到神灵的在场。所有经筒的新都已经被完全磨去，看起来就像古老的家具、公共的家具，将所有居民的家联系起来。这是一个其乐融融的街区，房子低矮、破旧，有些地方很脏，势利眼会以为这是贫民窟。其实人们幸福得很，他们的故乡深处住着神灵。穿过居民区就开始上山，上山的路经幡飘扬，山顶的寺院叫作结古寺，这是一座花教的寺院。经过粉红色的僧舍，大殿里没有人，安静得“一根针掉在地上都听得见”，似乎都在聆听某个没现身的在布道。一座座神像金光灿烂，很新，看起来是不久前才塑的，也许更久，由于高高在上，不能碰，天然依附着的俗气犹在，没心思琢磨，出门，忽然飘来一喇嘛，在我身后把大殿锁了，原来进去是要收费的，我不经意闯了进去。下山的时候看见城，孤零零的，像是广漠中卷起的一堆狂石，周围荒凉、原始，有人打马远去，扬起一股烟。

城里人欢马叫，灰尘被风簸起来又落下，女人大笑着弯下腰。在中国内地，一般笑得比较矜持，抿口而笑。此地没有江南的那种杨柳腰，情绪的表达很直接。男子酒气冲天，坐在街边不停地喝着。人们戴着毡帽，穿着氆氇。在这个地区谋生的人身体必须强壮，能吃肉喝酒，耐得住高海拔的地理环境，耐得住大漠孤烟、飞沙走石；必须有点儿信仰，不那么过分地唯物，多少得有点儿英雄气质、浪漫精神。多少得会唱几只歌、跳个舞。牵匹马来，你要有本事一跃而上。云淡天高的时候，在荒野上高歌一曲，可以缓解孤独。如果天生嗓子好的话，那可就艳遇无穷了，姑娘们喜欢那些嗓子里藏着大地高山的汉子。随时得准备匹马单枪行事，结伴而行只是暂时的，到了下一个岔路口，情投意合的兄弟也许就此分道扬镳了，只是空间中的分道扬镳，不是情义上的分道扬镳。天地之间隐藏着无限生机，魅力无穷，没有历史、档案、前科，都可以重新开始。这边的世界太辽阔了，天高皇帝远，孤独、自由，远离中国内地那种喧嚣。这是伟大河流开始的地方啊，长江、黄河、澜沧江都从这里冒出来，河流的终结处可没有这种气氛，水已经满了、流烂了、累了、浑了。这里什么都是潺潺的，汩汩的，清清的，走在黄沙大路上的女子，也野性十足，没见过世面，只痴迷着海枯石烂的爱情，眼睛亮如刚刚脱离黑暗的宝石，热情如炉中烈火，随时要喷发。一马停下，跟着那马背上的无名英雄就远走高飞了。古代有个诗人叫岑参的，本来是儒雅文人，到了这边，潜伏在内心的野性解放了，开始写“一川碎石大如斗”，相当豪气，这景象今天依然。

超现实主义的地方，许多康巴人甩着长袖子在大街上游荡，长辫子缠在额头。卖电视机的商场前，站着打扮得与时髦的广州女子一模一样的姑娘。一条河穿城而过，沿河是个牛羊肉市场，扒了皮的牲口血淋淋地挂了一街。河水被屠宰牲口的血污搞得浑浊不堪，这是个大块吃肉大碗喝酒的地方。有人傲慢地牵着长得就像熊或狮子的獒穿街而过，那家伙脑袋上戴着红色绒圈，表情深奥。在这个地方，从前，纯种的藏獒叫花子般满街乱钻。现在，濒临绝种，因此身价百万，牵着一只纯种藏獒，你就是国王，行人自动让路，驻足观看、赞叹。何况那康巴汉子本人就是非凡的男子，高大、挺拔，坚硬如岩石，腰间别着短刀，头上系着红色丝带，本人也许没有什么勋业，但那相貌就是大家想象中大英雄的样子，天生英雄，绝不是贴假胸毛的家伙，偶尔说话，天真得就像刚刚从石头下流出来的水。有谣言说，有些欧洲女人偷偷入境，专门找这些康巴人借种，这是我在昌都城里听一位司机说的。一位黑壮的康巴人朝我走过来，要干什么啊，你的毛衣我们这里没有卖的，把你的卖给我吧！他是站在街头卖山货的藏族之一，他们成天站在街上向过往的游客兜售刀子、石头、兽皮什么的。另一位忽然从氆氇里摸出一物，在我眼前一晃，一只皮带子吊着的白铜火镰，古代的工具，取火用的，现在都用打火机了。要价 1500 元，我还 500 元，他把长袖子伸过来，露出粗拙有力的大手，要把我的手捉进去“手谈”，就是掰手指谈价格，我可谈不来，在我的文化中，习惯用嘴而不是手，赶紧灰溜溜地藏起自己的手。笨重如车间的大卡车出出进进，司机被烤得焦黑，已经在高原上行驶了无数昼夜，风尘仆仆。马蹄哒哒，不习惯柏油路面，偶尔打滑。摩托最多，尾气呛人，载人的车是小面包，三元钱，城里的旮旯角落随便你去，没有这些车不敢走的路，汽车在这里下贱得很，就是一工具，可没有谁把它当轿子。步行的最多，很多人背着行囊，自己带着吃的，大步而来，越过荒原直抵城市，这里没有所谓的城乡接合部，城区与大地直接联系，离开大街几步就进入野外。步行者横冲直撞，见缝插针，混乱、鲜活，还没有被现代化一刀切，红绿灯形同虚设，没人敢阻止来自荒原的居民骑马进城。太阳白热，刺得人睁不开眼，最好戴上墨镜。广场上正在安装格萨尔王的铜像，我估计这是历史上第一个。他一直活在大地上，一直活在人民记忆的深处，澜沧江——湄公河各民族语言的深处总是藏着英雄，在柬埔寨，那是吴哥国王；在老挝，那是澜沧王；在缅甸，那是阿奴律陀；在泰国，那是勇敢而伟大的坤兰甘亨；在越南，那是传说中的英雄雒王。玉树，一个屹立着格萨尔王的地方，气象万千，蕴藏着复活。这才是真正的中国西部，中国的西部是成吉思汗，是格萨尔，是南诏王阁罗凤或者大理王段思平。

距玉树 30 多公里，有著名的巴塘天葬台。这个天葬台是公元 1100 年由藏传佛教直贡噶举派创始人觉哇久丁桑贡大师选定的，据说这就是佛经中所描述的“地有八瓣莲花相，天有九顶宝幢相”的风水宝地。一处不高的山岗，彩色的经幡在阳光和蓝天下飘扬，白塔闪闪，没有丝毫死亡之地的凄凉景象，好像死亡正在被赞美。唯一阴森的是两块用来解剖切割尸体的圆石墩，黑乎乎的，边缘有一圈暗红色，几只模样疯狂的狗在旁边低头啃啮，身上的毛是红的，比较恐怖，我担心着它们抬起头的瞬间就成为魔鬼。但没有，它们啮了一阵，躺下来晒太阳了。山岗安静，天葬在黎明时就已经结束，某人的肉体已经被鹰鹫们叼着飞进了朝霞。

玉树放着一大堆石头，占了25亩地，东西长283米、南北宽74米、高3.4米。这些石头都是藏传佛教的信徒们从大地上搬来的，许多石头上刻着经文。普通的石头，搬到这块圣地就成了嘛呢石，仿佛出家了。300多年前，从藏传佛教高僧第一世嘉那活佛多德松却帕旺将第一块石头放在这里起，到今天据说已经有25亿块石头放在这里。许多行者，风尘仆仆来到这里，将一块已经揣了很多日子的石头往嘛呢堆上一扔，放心地走了。嘛呢石来自千千万万个不同信徒之手，大小不等，可以根据每个人的意愿放置在不同的地点，我记不起世界上还有哪儿有如此巨大的石头堆，并没有垒成坛或什么形式，只是一块块放在这里。如果一人搬来一块的话，就有25亿人来过这地方。是的，同一个人也许来过一百次，但每一次都是一个人，这一个而不是同一个。无数匿名者共同完成的伟大业绩，从不张扬，在旅游界鲜为人知。石头堆间盖了一座庙，三百年前嘉那活佛放下的第一块石头，被供奉在庙里。那石头放在供桌上，是一块灰黑的石头，我不确定它是不是石头。它在那里，仿佛正在打坐。没有别人，阴暗空旷的大殿里，好像有群鼠的眼睛在发光。只有我和守庙的老喇嘛，那石头多年被酥油涂抹，腻腻的，仿佛正在微微地呼吸，它肯定是个灵魂。我也往嘛呢堆上放上了我的一块。我曾经到缅甸的仰光，仰光有座世界著名的大金塔，塔顶上镶着信徒们在数世纪中捐献的数万颗宝石，灿烂夺目。这是自我完善的小乘佛教与普度众生的大乘佛教的不同，大金塔上镶嵌着的是自我完善者献给诸神的财产，空是一种幸福。嘉那活佛的嘛呢石堆只是一大堆大地上取来的最普通的石头，任何人都可以搬一块来，“扑通”一扔，那就是一个善果。旅游局的资料说，嘉那嘛呢堆目前正以每年 30 万块的速度扩大。它的积累在“文革”中一度中断，嘛呢石被运往城镇做建筑材料，玉树的老房子有许多是嘛呢石建造的。石头的磨难，从大地上出来，成为信仰者的证据，又回到世界中，为人们建造栖居。现在，石头又滚滚而来，每天，从黎明到夜晚，环绕着嘉那嘛呢堆转经的人络绎不绝。转动、环绕，也许是人类各种行为中最神秘的行为，普通的石头，当世界环绕着它转动，它就获得了神性似的，无人再敢轻易取走了。

我们沿着昂曲前往昌都。昂曲现在已经不是小溪流，而是一条河了。清澈发蓝。有时候顺着公路，有时候隐没在山间。现在地势已经没有源头地区那么平坦，类乌齐与囊谦之间是开阔低缓的山谷，公路经常开辟在峡谷的底部，峡谷中一有险峻奇特处，就会出现经幡和嘛呢堆，被崇拜起来。嘛呢堆上刻着经文，令人在大地上不敢轻举妄动，同时也是镇压着那些制造灾难的魔鬼。溪流纵横，山势平和，忽然进入了一片天堂般的谷地，旧得发黄的村庄，多年前完工后就再也没有动过，在大地上被建造起来又隐匿于大地，朴素接纳了它。古老的秋天，我少年时代在父亲单位的农场见过，热泪两行就要夺眶而出，突然间一座土红色的巨殿出现在大地上，一个楔形的坛，巍峨如希腊的某种建筑，有意大利中世纪的感觉。拔地而起，屹立于秋天灰色的光芒中。通向罗马、印度的大道上空无一人，尘土像是从未动过那样摆着。我们的汽车像贸然闯入天堂的野兽，低头停了下来，哑巴般愣住。有几个穿着暗红色袈裟的僧人坐在大路边的石头上，一动不动。这是查杰玛大殿。在藏传佛教地区，除了布达拉宫，这是我见过的最高大雄伟的建筑了，就像红色的希腊神庙，但没有柱子，整个外墙用泥土和草一层层舂起来，墙面用石灰和矿物质颜料刷出具有象征意味的红白黑三色线条，巍峨入云，在铅灰色的天空下，周围是开阔的土地，仿佛朝它顶礼膜拜，匍匐在地的乡村，崇高而神秘，我不能确定我是不是在梦里。孤独伟大的建筑，没有旅游者，几个老人沿着大殿周围的木头柱廊慢慢地走。寂静的下午，狗在寺院的回廊下睡觉。转经者们已经围绕着查杰玛大殿转了一生，他们都是本地居民，生命的意义就是环绕着这座圣殿旋转。对于当地人来说，查杰玛大殿就是大地上最神圣最美丽者，心灵的归宿、智慧的高峰、美学的经典、人生的依托，没有谁会想到要去与它试比高低。世上最美丽的女人、最勇敢的男子、最伟大的君主都要在大殿前面跪下来，这不是谦卑，也不仅仅是信仰，这是依托。转经人一边走一边漫不经心地拨一下安在墙上的经筒，那些经筒美轮美奂，有的箍着铜皮，有的绷着羊皮，都已经被转经者们流水般的手磨出了圣光。转经人一过，经筒就“咿呀”响起，那声音像是来自一排老蟾的嗓子。神态安详的穷乡僻壤，世界已经到达终点，远方并不存在，故乡、神殿，白发被秋风轻轻梳起几根，人们神一样微闭着眼睛，已经不用看了，大殿的一寸一尺，都已经烂熟在心中。

查杰玛大殿是澜沧江上游最宏大的宗教场所，藏传佛教文化中最具精华的寺院之一。我孤陋寡闻，它声名赫赫，有句谚语说，“先去朝拜拉萨的大昭寺，再去朝拜查杰玛大殿”。

查杰玛大殿建于1273年，是达隆噶举派的主寺。现在这座大殿是“文化大革命”之后重建的，但规模和气势与过去一样，黄钟毁弃了，灵魂、信仰和手艺没有失传，20世纪80年代重建起来，看上去已经历尽沧桑。重建者的智慧不在于建造新，而是要复原旧，这是神的建筑，神是最旧的，比大地还旧。传说大殿里珍藏着许多稀世宝物，格萨尔用过的马鞍和战刀、八瓣莲花的金刚像都在里面，用三把锁锁在某处，钥匙由三个喇嘛掌管。三人同时在场，才可以开光。对于不速之客，三个喇嘛同时在场除非是奇迹或者命令，总是，一个喇嘛收自家的麦子去了，另一个喇嘛去了拉萨。两个在，第三个必然不在，这是一个诗意的借口。为什么要亲眼看见呢？听听传说就够了。高原上谁也没有见过伟大的格萨尔王，他被老百姓保管在语言深处。我迈进查杰玛大殿，门槛很高，一棵横躺着的老树，殿门高大厚重，料子来自古代森林，只有最古老的树木才有这样大尺寸的形状。殿门半开着，里面透出阴森，寒气微微逼来，洞穴般深邃，光线阴阳交错，空中垂着各色经幡，一抬眼望见巨大的佛像一座座微闭眼睛，妙相严肃，高踞在黑暗的天空中，若隐若现。神像坐在四周，大殿中间是个小天井，昏暗的日光从天宇垂下，秋日阴郁的下午，大殿里好像空无一人，我蹑手蹑脚地走着，生怕惊动诸神，一起睁眼看我。忽然看见两排喇嘛坐在正殿前面的蒲团上闭目沉思，仿佛坐在高山脚下，他们刚刚念毕一段经文。这场合太遥远太古老了，完全在我的经验之外，新人初来乍到，无法适应，心中害怕，头重脚轻，觉得自己一粒灰尘似的飘着。所谓进入另一个世界，那得从世界观、灵魂的重塑开始，岂止是物是人非。大殿靠墙的地方经书堆积如山，从来没有见过堆到这么高的书。一个喇嘛提着一桶水从外面轻轻进来，绕过我，推开门，一抬腿进去了。对我这个穿着如此奇怪，还拿着照相机，射击般地瞄来瞄去的怪物，他无动于衷，好像我本来就是殿中的一物。

澜沧江正源扎曲汇合众多细源，逐渐成河，一路向南。与此同时，另一个源头也在扎曲的西部逐渐聚集起来，形成了昂曲，也向着南方袭来。昂曲和扎曲在昌都境内终于会师，成为一股滚滚洪流，叫作澜沧江的大河就此开始。藏语“昌都”的意思是两河汇合之处。这一带开始进入横断山脉，群山逐渐涌起，峡谷逐渐往深处切下，有些地方从谷底到山顶落差2000多米，险象环生，地质结构不稳定，是泥石流、滑坡多发地区，土壤是红色的，因此影响了水色，清澈蔚蓝的澜沧江开始变浑，翻着土红色的波浪，难得见底了。

昌都是西藏东部的重镇，前往昌都主要通过川藏公路，从西端的拉萨或东端的成都乘客车，要走五天左右。也可以沿着澜沧江从上游或者下游的滇藏公路抵达这里，那是最危险的道路，比较快的路线是从成都乘坐飞机。从成都起飞，一小时二十分钟到了邦达机场上空，孤独的机场，简陋地修在几个荒凉的山头之间，一条跑道，几排房子。隔着机舱的窗子，看见头上扎着红带子的康巴人正在把机舱内的行李往外搬。要降落在这个机场是非常不容易的事情，经常是飞到这里，无法降落，又飞回去了。航班并不多，成都飞邦达机场的航班每周只在一、三、五飞行。飞机在灰色的云层里犹豫了一阵，终于鼓起勇气飞了下去。顷刻，机舱门打开处，我们已经来到目的地。这是世界上最高的机场，海拔4334米。距离昌都还有130公里，开车得要两小时，也许是机场距离城市最远的一个地方。一个半小时前，世界还珠光宝气，红男绿女，香水缤纷，玻璃门转成一片。电梯不停地输送着此起彼伏、弱不禁风的奢侈、时尚，火锅里熬着已经散失了天然的美味佳肴。现在，你面前站着的都是高原上的人们，天真、坚强，轻视物质，吃喝不是为了品位，而是身强力壮之必须。脸膛黑里透红，是与太阳、风沙、冰雪和牦牛整日厮磨的结果。化妆品在这些岩石般的皮肤上太可笑了，粗糙但耐看，手掌厚实、脚板沉稳，善于劳动远足，许多人显然刚刚从长途卡车或者马匹上下来，空气里弥漫着男子汗液和酥油的气味，说着流利的藏语或者笨拙的普通话。落后于时代的机场，看起来更像是县城里的长途汽车站。下了点儿雨，非常冷，嘴唇发紫，刚刚落地的汉族人担心着自己的心脏。忽然阳光又出现了，如一只金色大鹏，翅膀一晃，展开了万里蓝天。公路在荒凉的群山之间展开，看不见人和建筑，蔚蓝色溪流夹在山谷底，秃鹫背负天空，慢慢地走着。

昌都是地级市，城里大都是新的水泥房子和街道，沿着澜沧江两岸分布，城里也许只有强巴林寺的大佛是旧的了。过去昌都有三多——寺院多、僧侣多、活佛多，地委的赵副书记说，他热爱这个地方。北方人，来了就永远不想走了。他很担忧，他的政见和个别人不同，“保护也是发展”，他的意思是要保护那些古老的事物。饭馆大多是四川盆地来的汉族人开的，经常听到餐馆里歌声起伏，人们喜欢在吃饭的时候唱歌，独唱、合唱。这是过去时代的传统，人们干什么都要唱歌，歌曲是劳动和生活的节奏，沿着河流，你经常可以看见两岸村庄盖新房的人们边唱歌边舂屋顶。歌唱不只是嗓子出众者的个人表演，更不是歌舞团的专利，唱歌与说话一样日常，不存在专业与非专业，不唱歌你就是哑巴。人们总是在歌声中收割、播种、过节、婚嫁、交往，大地上到处是歌声。昌都城是本地最先现代化的地方，行政中心，水泥钢筋不断扩大，离大地越来越远，人们继续了唱歌的传统，成为喝酒吃饭时最后的保留项目。往往是饭吃到一半，酒酣耳热，一人起立或者全体起立，就唱起来。不唱不行，要是来了客人，那就更要唱一唱了。歌舞团的姑娘们发现了增加收入的好机会，组成专门唱歌的小队，为食客凑个热闹，挣点儿零花钱。她们会唱的歌就多了，不只是地方上的，革命歌曲、流行歌曲、俄罗斯歌曲都能唱，而且首首唱得情真意切，感觉不到是要收费的，这是因为天生一路唱下来。姑娘们会唱许多仓央嘉措的歌，我过去以为他的歌已经失传，只是民间文学调查队艰难寻找到的少数印在书上的几首，其实在民间一直唱着，他的歌一直活在高原深处，也许这些歌曲的原作者是否是仓央嘉措并不一定，但姑娘们说那是仓央嘉措，那就是仓央嘉措。在她们看来，仓央嘉措并不是一个作者，谁是作者并不重要，仓央嘉措，那就是爱情、真、善、美，每个人都可以加入这个作者里，只是一定要确定源头唯长或者版权归属的知识分子们不知道罢了。也有无数的歌曲被创造出来，好听就传开了，都不知道作者是谁，没有人关心这个，一首歌在高原上像风那样传开，是这首歌的光荣。席间，有人告诉我，唱歌的姑娘们唱了一首住在拉萨的民间诗人美兰多吉的歌：“我的母亲是美人中的美人，就像那慈祥的白度母。”美兰多吉是谁，酒意朦胧，我已经搞不清楚了，但这歌声令我刻骨铭心，20世纪以来的现代派文化，有哪首诗歌或者作品，如此歌颂过母亲？我想起母亲过70岁生日时，想给她置一身新衣，走遍昆明大街，竟然买不到一件为母亲之美设计的衣服，裁缝们消失了，中国的服装设计师如今只为模特儿和青春服务。昌都的母亲和少女都很美丽，穿的是古代传下来的藏式衣裙，没有年龄，只是青春和庄重在色彩上略有不同。夜里比较冷，要穿外套。一阵风卷过去，把柳树吹得很疯狂地晃起了脑袋，我从来没有觉得它们是有脑袋的。

在距离昌都12公里的澜沧江岸，有一块赭红色的台地，上面建了一个水泥厂。1977年，水泥厂的工人在施工过程中发现了石器、陶片。考古队后来发现，这些器物具有新石器时代的全部特征。卡若遗址还发现了用“勒瓦娄哇”技术（Levallois Technique）制作的器皿，与中亚、南亚或者欧洲、近东地区旧石器文化有某种神秘的联系，考古学界将这一发现命名为“卡若文化”。“若”，有碉堡、围在一起的意思。澜沧江在谷底哑哑地流着，高处的山崖上残留着两堵墙，翻译说那是古代的城堡。水泥厂后来废弃了，遗址还留着。高塔、车间、炉子，糊着过期的水泥灰，有一种旧工业的美。废弃的东西总是美的，落后的事物、古老的事物总是美的。大楼上的窗子给拆了，像是幽灵们被挖去了眼球的眼眶，人去楼空的工业废墟总是有点儿奥斯维辛的味道。许多生锈的自来水龙头、阀门、开关遗留在墙上。翻译说，将来要利用这些建筑搞个博物馆，很后现代的想法。工厂后面有一个用围墙围起来的空地，长满荒草，铁门上了锁，这就是卡若遗址。一位老人看守着这片空地，钥匙找不到了，找块石头，像遗址上最初的居民那样，把锁砸开。从上游澜沧江到下游湄公河，我多次遇到被锁住的古迹，钥匙找不到了，也许人们不认为古迹与锁有什么关系，博物馆教他们使用了锁，但锁起来，钥匙和锁同时也被遗忘了。我记得在缅甸的莆甘，我们想看一个12世纪的塔里面的佛像，一把生锈的锁挡着。这样的文物在别的地方，肯定是修建得监狱般坚固，还有重兵把守，还安装着红外线报警器。那天我们运气好，在一棵菩提树下找到了管钥匙的男子，他正在呼呼大睡呢。20世纪70年代的遗址和5000年前的遗址，都是人类活动的遗址，给我的感觉并没有时间上的差距，这座荒凉的水泥厂，就像是原始人的水泥厂，生产的不是带有花纹的美丽陶片而是丑陋的灰。卡若遗址、水泥厂遗址，而澜沧江是历史更悠久的遗址，这是一个中国盒子般复杂的隐喻。我在旧水泥车间里走了走，有股气味，像某种东西曾经在无人的时刻停留下来，然后又离开了。

扎曲、昂曲和澜沧江这三股水都是土红色的，红色是这个地区大地的主色。人也受到土地的影响，僧袍是深红的，人们的皮肤被阳光烤成古铜色，妇女们喜欢穿深浅不同的红色服饰。昂曲和扎曲的汇合处在一处红色高崖底下，那高崖一看就是风水宝地，犹如后面的群山飞出的一只巨鹫，高崖就是鹰头，神鹰头闭目吐出两股水来，在它嘴下合为一路奔腾而去，澜沧江就此开始。写这段时，我以为鹰鹫是我自己创造的形容，后来一看历史，宗喀巴早就说强巴林寺所在是“两水间雄鹰落地式的岩岛”，也许我是在旅途中听某位僧侣告诉我的，也许是梦里面宗喀巴告诉我的。宗教独具慧眼，总是为它的寺院选择奇山胜水，就在这高崖上，建造了藏传佛教寺院强巴林寺。1373年，宗喀巴大师途经昌都，环顾大地后预言，将来此地定能兴寺弘佛。1437年，宗喀巴的弟子喜饶桑布在这高台上建了寺庙，寺内主佛为强巴佛。强巴林寺在昌都地区藏传佛教格鲁派寺院里是规模最大的，按格鲁教派规定，可拥有2500名僧人，寺院里有22口专门装水的大铜锅，每口锅得装100多桶水。

有强巴林寺在这儿，昌都就不会是一个无聊乏味的地方。人们有去处，有牵挂，有信任，也有玩场。强巴林寺是昌都的精神和文化中心，不仅宗教活动在这里举行，这里也是昌都人的娱乐和社交中心，年轻人也喜欢在这里约会，一道祈求神灵的保佑。每天，从黎明开始，强巴林寺的白墙外面，就环绕着转经的人们。转经的路线从昂曲这边开始，转向杂曲，然后转向澜沧江，圆心是强巴林寺，周而复始。许多人一天不去那里走一趟，心里就不踏实。许多地方他们一辈子只去过一次，而强巴林寺陪伴了他们一生。绕着强巴林寺走一圈得半个小时左右。任何人都可以加入，上路，跟着走，就进入了古代的道路，进入了中世纪的某日，好像是走在通往罗马的大道上。这个时代所有的道路都改变了，而转经的道路依然是古代的道路，汽车决不会加入这条道路，它的速度不是通向诸神的。偶尔有一辆给寺院送物资的大卡车闯进来，悔过的大象似的低头缓缓跟着走。转经的人终日不绝，人们一个跟着一个，一群跟着一群，大家都慢慢地走，走一步是一步，每一步都是在走向结局的样子。有的人赤着脚，有些人衣衫褴褛，气氛有点儿悲壮，看上去像是跟着部落领袖背井离乡的迁移运动，其实这是吉祥幸福的归家之路，内心喜悦，信任，安全，已经被接纳。没有终点，神不是终点，信仰环绕的是一个圆。路边的石头炉子里燃烧着柏枝，青烟袅袅，这种植物在这里像香一样被用来表达对神的敬意。转到某一段，有一座很小的千手观音殿，世界上最美丽的小殿，里面的墙壁上画着观音，美丽动人。前面供着油灯，两边是已经发黑的转经筒。转经筒的基本模式是一样的，大的要七八人方可转动，小的如一只鸟牵在手中，但没有一个相同。转经筒千转万转，日复一日地手灸心印之后，被托生了似的，千差万别，美轮美奂。强巴林寺色彩鲜明，殿宇巍峨，穿红色袈裟的僧侣们沿着白墙走过的时候，就像来自天空。一个侧门开着，里面是辩经场，场子是铺着鹅卵石的空地，一群穿着深红色袍子的喇嘛席地而坐。秋天的前端已经到达高原，场子上散落着金色的树叶，不知道来自何树。护法神殿里挂着无数的长刀、匕首、猎枪……全是来自放下屠刀、缴械皈依佛祖的信徒们。许多武器已经挂了多年，不只生锈，已经快风化了。

嘎玛寺是藏传佛教噶举派的祖寺，距昌都113公里。沿着扎曲向北，100多公里的毛路，只可以走小车、摩托或者骑马而行，马匹和汽车的速度差不多，得走一天。司机还得胆子大，一般的司机是进不去的。路线毒蛇般搭在悬崖边上，当仁不让的家伙没法在这里通行，随时要考虑着如何在一公里外就给对面来车让路，有的弯连90°都不到，车头过了，屁股悬在半空，猛踩着油门挣扎过去。给我们开车的是康巴人扎桑和土金尼玛。两个朴素天真的青年，与他们相处只会友情日深。这儿得以幸存，全因为这里还来不及修柏油路。山区，河水清蓝，离它的源头还不太远，刚刚走入世界的样子，森林和积雪的山峰退到一边，给河流让路。扎桑们在宽阔的柏油马路上害怕开车，在交通信号密集的城市里害怕开车，越原始的道路他们开得越好，完全凭感觉，车子让他们开得跟猎狗似的。有一个夜晚，扎桑开着车居然睡着了，我们正在向下驶入峡谷，迷糊中觉得车子怎么忽左忽右，才发现扎桑正在一边开车一边做梦，赶紧叫醒，停车，把他扶到后面去，刚一挨上座位，这家伙就睡死啦。

汽车在日通附近越过一座水泥大桥，到了扎曲的西岸，进入土路，景色愈发原始，一路上地形变化很大，时而高山巨峡，时而森林草甸。海拔4500米的碧拉山腰生长着一片柏树，老得就像恐龙，彼此搀扶，郁郁苍苍，穿过的时候担心着它们会倒下来。据说是唐代的，树龄已有 1200 年。越向上游走风景越好，河流两岸变成了开阔的平地，麦子已经黄了，牦牛低头吃着草。藏式的土房坐落在山坡上，一般是两层，没有受到内地马赛克建筑的影响，墙壁大都是就地采泥巴舂的，颜色与大地一致，从世界中出来，成为人的栖居，又隐匿在大地上，被大地保管着。也掺入了些无害本质的现代因素，现代建筑材料被引进一部分，许多人家把窗子改成了铝合金材料。藏族民居的窗子都很大，几乎是半面墙，铝合金窗子开关起来很方便。窗子直接朝着田野，没有围墙。出现了巨大的石头山，有一座就像一个白色的大萝卜，超现实的景象，做梦也想不到大地上还有这样的场面。扎桑流畅地开着车，经常停车与路上的人寒暄两句，人们住在辽阔而且交通不便的区域，但人们彼此的联系却相当密切，扎西带着不少东西，给这个村的大妈捎去一袋面粉，给等在那个路口的哥们儿丢下两瓶白酒。就是素昧平生的人，你要去他家吃顿饭、借个宿，那也是随时敞开着大门的。扎西没有手机，他将要到来的消息是如何传递到大地上的，这是一个古老的秘密。土金尼玛有一个小灵通，他用过几次，每次都是打给他的妻子，也许那是他手机上的唯一号码。沿着扎曲行驶了大约 5 个小时，汽车转进谷地深处，又进入一个小坝子，嘎玛乡的乡政府就在这儿，这是这一路上唯一的水泥盒子，白色的，两层楼，高踞在几栋灰暗的藏居之间。一扇大铁门被拉开了，车子进入了水泥场院，一只狗追进来咬，被轰了出去。几个孩子闻声赶来，站在门口张望。这个乡政府辖地688401.8亩，牲口20079头，草场391226.5亩，森林259116.4亩，耕地7384亩，467户，3023人，12个村委会，43个自然村，平均海拔4200米。有一个汉子喝醉了酒，沿着乡村大道骂骂咧咧地走过来，忽然躺在地上，仰面朝天地睡去。一辆破旧的摩托车驶过村庄，忽然看到醉汉，歪了一下，绕过他，继续飞驰。一群马长发飘飘地奔来，马背上都安着彩色的毯子。骑手们下了马，把马匹拴在乡政府大门对面的树上。这是一群彪悍的人，不说话，留着长发，梳成了辫子，盘在额头。乡政府落脚的地方只有五六户人家，每家之间都有大片的空地，乌鸦们低头点击着树枝，似乎被一把无形的锤子所控制。我们得在这里睡一夜。晚餐是罐头、土豆、鸡蛋、麦饼和酥油茶，我们是乡政府的客人，这顿饭已经很丰盛了。乡政府住着几个干部，自己的家都在别处，这里只是随便住住，住得很马虎。干部给我们弄了吃的，大家就坐着看电视，等着睡觉，偶尔说两句藏语，我一直没搞清楚谁是乡长。乡政府一关灯，嘎玛乡就进入古老的黑夜，唯一的灯在天空中，随后被乌云挡去，大地上伸手不见五指，不需要用窗帘。

嘎玛乡后面，大地忽然高上去一大截，如果从那边来，扎曲就是在峡谷下面，地缝里，但在嘎玛乡，世界却是开阔平坦，河流走向远方，白云低垂。我们的汽车沿着高峡攀登，道路刚刚修起来，峡谷里有瀑布，乡政府正在利用它的水力修一个小水电站，为了运输水泥，铺设了便道，汽车也勉强通行了。峡谷垂直上去200米，又是一个大平台，高山草甸，无边无际。一个草甸接着一个草甸，巨大的地区，地图上看不见，空着。嘎玛寺到了，背靠一个山包，对面是绿色的大草甸，溪流汩汩，一位穿着暗红色袍子的老尼姑正跪在水边，用一个漏斗不停地舀水，远处是石头垒成的小屋和灰色天空。几片经幡在植物和天空之间飘着。这场景就像一幅16世纪的西方宗教绘画。另一边，几个穿红色袈裟的喇嘛正坐在原木上晒太阳，这神话般的世界里矗立着一幢灰蒙蒙的泥土舂成的大殿，单檐歇山，没有金碧辉煌，隐蔽得几乎看不出来。一部分正在维修，曾经遭遇了一场大火。

噶玛寺是由噶举派高僧都松钦巴于公元1147年创建的，当时他才38岁，名为噶玛丹萨寺，都松的意思是三时，据说都松钦巴能知过去、现世、未来三时之事，噶玛噶举派因这座寺院而得名。因该教派创始人玛尔巴和米拉日巴在修法时都穿白色僧裙，故噶举派又称白教。噶玛噶举是噶举派的黑帽系，西藏史书《贤者喜宴》说，都松钦巴剃度时智慧空行母和上乐诸神给他戴上由空行者头发制成的黑帽，从此都松钦巴就戴黑帽。后来，噶玛噶举派开始在教派内实行活佛转世制度，黑帽成为转世仪轨中的重要证物，被认定的转世活佛要戴上黑帽。这种传统也被其他教派效仿，“活佛转世”体系因此在西藏地区流行开来。都松钦巴是噶玛噶举派的创建人，在西藏佛教史上占有重要地位，对日后的噶玛噶举派有着深远的影响，被追认为噶玛噶举黑帽系一世活佛。

这是圣者创造的寺院。可以肯定许多地方还留有都松钦巴留下的痕迹，也许他的手迹还留在某处原封未动。当时我懵懂不知，没有知识，冒昧来访，但也不敢轻举妄动，这寺院有一种古老的力量，令我顿生敬畏之心。主寺内的光来自屋顶阁楼的窗子，投到下面的时候创造了一个深渊，喇嘛们在大殿里打坐念经的时候，被照亮的是顶。壁画、佛像靠墙隐没在黑暗中，点起酥油灯也只依稀可见。大殿由几十根圆柱木头支撑着，正在维修。左边是祖师殿，里面塑着噶举派几位始祖的塑像，完好如初。楼上是僧舍，僧侣们正在咿咿呀呀地念经，大都是年轻人，生猛、天真，像是战士，没有人会说汉语。一个胖喇嘛带我去看护法神殿，一座小殿，经幡缠绕，香烟迷茫，挂着许多刀具、兽皮，铺着毛毡，几个喇嘛正坐着喝茶，抬头笑着看我，伸手来摸我的头，就像闯入了中世纪的一幅壁画，我完全像是在一场梦游之中。庙里还有许多阴暗的房间和楼梯，没在暗处，还有没有露面的物品。资料上说这座寺院藏着许多珍宝，明朝使臣当年来噶玛寺时赠送了万岁牌旌旗缎带，丝绸刺绣品，近百幅传世唐卡、佛像，陶器、高僧遗物、贝叶经、瓷器等。还有一棵柳树，是噶举派第二世祖师噶玛拔希从内地带来的，依然活着，根深叶茂。

噶玛寺附近的一个村庄里住着唐卡大师。这村庄只四五户人家，远远看去，就像是大地上的一堆土疙瘩，色彩朴素，其貌不扬。看不出来与五彩斑斓的唐卡有什么关系，唐卡在外面的世界上出名，那可是东方美术史上辉煌的一页，我想象中的唐卡大师是伦勃兰那样的人物。大师出现了，一位白胡子老农，站在院落里，正在指挥小孙女喂鸡呢。带我们去看他的画，到了一个大房间，一看就知道这里是这家堆放农产品的地方，胡乱摞着几匹画布，地上散落着颜料筒、画棒、土豆、青稞粉什么的。有些已经勾勒好线条，靠在土豆堆上等着上色。大爷领着儿子以及同村的几个小伙子一起画，说是要共同富裕。作品供不应求，要提前半年预订，价格数千到上万的都有。只有一幅留着不卖，是 20 年前画的，那时候唐卡没有现在这么值钱。大师已经画了 60 年，他说起画画的事来滔滔不绝，他不是说他的绘画理论，而是说如何画。我们已经成了他的徒弟，只差立即动手了。画唐卡最重要的是勾线，这个不能有错，哪一个像就是哪一个像，都是有样式的，两个月就可以学会。佛的基本造像是一样的，但在每个画师的手上，色调、细节、功夫、灵气就不同了。图式是不能标新立异的，但可以在细节上发挥。都是同一个图样，看上去千差万别，就像千眼千手观音的无数只眼和手，都起源自一个身，这是一个深刻的隐喻。我们告别了大师，汽车来到野地里，原野上只有黑压压的植物和还在天边依稀亮着的雪山，道路消失了，连扎桑们也嗅不出它在哪里，磨蹭间陷到泥巴里，轮子打滑，走不动了，大家都下车去推，不动。无奈之际，突然，黑暗的大地上钻出来几个藏族人，不出声地帮起来，用手扒开稀泥，往车轮下垫石头，一起推，汽车开出了泥坑，给我们指明道路，又在土地上消失了，有一个声音是女性的，看不出是谁。

路上，我们的车子在一个大雪覆盖着顶部的峡谷中被重型车队堵住，大家冷飕飕地对峙到半夜，我等着你让路，你等着我让路，快要冻僵了。高原司机们终于意识到大家只有团结起来互相让路才能通车，双方的车子开始倒车腾路，车与车的间距只有几厘米，一丝差错，靠峡谷边的车子就会被拱下去。几位具有将军风度的司机出现了，挥着手，在车灯前指挥车辆打方向盘，这时候才看出他们在高原上开车的真功夫，对车子与车子之间的间距的估计已经接近游标卡尺，分分钟千钧一发但平安无事。

左贡在澜沧江与怒江之间，只有一条街道，一阵风可以从街头吹到街尾，但是很现代化，两边铺面都是金属的灰色卷帘门，铺子关门的时候，街道就很荒凉。水泥、玻璃、钢筋、塑料以及长盒子式现代建筑模式一应俱全，没有丝毫想象力，给人的感觉是，有住的就不错了，还要怎么着。在左贡县的一面墙上写着“面向全国，学好汉语。面向世界，学好英语”。大白天，几乎看不到什么人，有只狗躺在街心。路边停着一辆蒙着帆布篷子的大卡车，风尘仆仆，车厢里好像装着一车子泥土。有个小铺子在卖藏药，有一种野猪油，治疗跌打损伤，我买了一瓶带回来，效果很好。其中一个卷帘门的楼上有一家小歌舞厅，几个身份暧昧的姑娘坐在里面烤火。唯一的文化场所，可以唱卡拉OK。有些酒味浓烈的年轻人在里面的一个小型卡拉OK厅里漫不经心地唱流行歌曲唱得很不流利，听得出来，他们小时候唱的歌不是这些。才九月，天气已经转凉，夜晚来临，外面已经刮北风了。一个姑娘忽然拿起话筒摇晃着满头的卷发唱起来，看来她年纪不小，唱的是崔健的《假行僧》，这是20世纪80年代的老歌。这一路我已经走了近两年，顺着澜沧江——湄公河从南到北，从北到南，已经走了几千公里，许多地方就像在刀锋上走，没有余地，只要一步不小心，那就玩完，我可不是假行僧。澜沧江上游从来没有人提到过崔健这个人，湄公河就更不知道他了，这是我这一路唯一一次听到崔健。我认识这哥们儿，1992年，在北京，我们一起喝过酒，我喜欢他的歌。

离开左贡，向南翻越海拔5080米的东达山垭口，河流就进入了澜沧江大峡谷。造物主的巨斧劈开大地，这是斧头砍得最重的地区，红色的伤口切得相当深。横断最激烈的地方，河流两岸滚落着巨石，而且还在滚，总是千钧一发，场面犹如一个巨大的矿山，到处是将要碎裂的山体，有许多地方在开裂，裂缝里可以看见澜沧江的鳞。地理学上这一带被称为北澜沧江断裂带，它西起青海省杂多，向南延经囊谦、妥坝、芒康直到云南省德钦以西附近。这个断裂带属于深断裂，在云南境内最强烈，造成了很大的落差，澜沧江在德钦县境内流程150公里，这一段江面海拔2006米，直线往上到海拔6740米的当地最高的卡格博峰，相对落差4734米。从江面到顶峰的坡面距离为14公里，每公里平均上升 337 米。道路不能再沿着河谷修建了，而是修在山腰上，2006 年的时候，这些道路依然是土石路，坑坑洼洼，非常危险，永不停止的泥石流、塌方，在这里修建永久性的公路简直是幻想，人们与大地的搏斗已经厌倦了，道路刚刚修好、理顺、达标，不久就被塌方或泥石流重新搞得乱七八糟、凹凸不平，大地像一个顽皮而又残忍的捣蛋鬼，让筑路部门永不安宁。有个退休的养路工对我说，他养了一辈子的路，从来没有哪一天他负责的路段是平安无事的。永不完工的大工地，垮了又修。在澜沧江大峡谷这一带，大地就像河流一样永远在运动改变着、爆发着，使人类"人定胜天"的豪言壮语荒唐可笑。灰尘滚滚，碎石砾砾，下一个坡就是数十公里，汽车滚石般地沿着既定路线，随时处于失控的恐惧中，司机提心吊胆，抓着方向盘像是抓着悬崖绝壁上的藤子，就像困在弹子游戏机里，只要稍微出格，就完蛋。有些地方，打开车门你无法下车，车子的外厢板直接与绝壁连成一体。

越向南走，世界越热闹，养路的人多起来了，人间烟火也逐渐稠密。滚滚黄灰中会忽然冒出一队骑自行车的西方旅游者，衣冠鲜艳，红黄蓝绿，镀珞材料、尼龙布闪着现代工业的光，在原产地俗不可耐，在此地看上去就像刚刚从宇宙飞船里走了下来。行头都是西方户外运动用品公司生产的名牌，但在这里完全失效，没有人知道这些名牌，土著们流行的名牌是解放牌胶鞋，耐用而且便宜。他们与灰头土脸的当地人格格不入，营养过剩、精力充沛、无忧无虑、神气活现，正沿着一条很时髦的旅游路线度假呢。从昆明骑自行车向西北，经过大理、德钦沿着澜沧江进入西藏，直到尼泊尔的加德满都，大约一个月，在那里把自行车卖掉，然后乘飞机回欧洲。当地土著停下来，默默地望着这些从天而降的西方人，不知道他们这么干是为了什么，也许觉得如此冒着烈日在高原上瞎逛很无聊，吃饱了撑的，劳动者们也只是一笑了之，递上一瓢本地山中流出的泉水，请他们解渴。灰尘散开处，也可以遇见走一步磕一个头的香客，他们是前往拉萨朝圣的。这些香客的出现使滇藏公路神圣起来，有的香客们已经在路上走了一年半载，局外人以为这是受罪，其实那是一种漫游，与塞万提斯在《堂吉诃德》那本书里描写的差不多。有时候看见他们在落日中停下，在泉水边搭起帐篷，点燃篝火，黑暗里他们在唱歌。在澜沧江——湄公河流域，西方人在下游地区比上游地区要自在得多，在下游，那里有普遍的咖啡和刀叉，一些日常生活的风俗已经深受西方影响。但在澜沧江上游地区，当地人无论如何亲切友善，骨子里总是将他们视为外人。天主教从 19 世纪就一直在努力打进澜沧江上游地区，一百多年下来，势力只到达西藏的边沿，建立了若干个孤零零的教堂而已。芒康天主教堂相当有名，这是西藏境内唯一的一座教堂，如果从上游往下数的话，它是第一个。距离我前面说过的那座澜沧江源头的花教寺庙，还有几百公里。芒康天主教堂建立于 1865 年，从 1865 年到 1949 年先后有 17

位来自西方的本堂神父在这里布道，神父们一度甚至使用英语。神父们与佛教势力进行了较量，多次被赶走，又回来。当我们千山万水地到来，却发现老教堂已经不在了，原址上屹立着崭新的建筑物。多年前，我曾经到过澜沧江边的另一座教堂——茨中教堂，夜里聊天，听教堂主管老吴说起上游的芒康教堂，说起那里的嬷嬷如何滑着雪橇在冬天到来，说起在欧洲已经失传的布道方式，说起法国牧师传下来的古法酿制的葡萄酒，就像说起中世纪，令我想入非非。中世纪并不遥远，沿着河流上溯三天的路就到了。新教堂扩大了规模，马赛克、玻璃，水泥钟楼，很呆板，受到此时代好大喜功风气的影响，我怀疑这不是教会人士的主意。教堂里贴着一个清单，说明新教堂是各地的教会捐资修建的，用了200多万元人民币。19世纪的遗物只剩着几棵树干发黑的老梨树，我发现当年神父们似乎受到中国文化的影响，也许是本地工匠们自作主张，为教堂选择了风水宝地，站在教堂的钟楼可以看见宽阔的澜沧江峡谷，气象万千，而它安全地靠山而建，像孩子依偎在母亲怀中。

芒康又以盐井出名，这一带澜沧江岸的岩石下藏着盐，人们在遥远的时代就发现了，沿江岸打了几口盐井，几百年来一直在出卤水，江水落下去的时候卤水升了起来。西岸出的是红盐，供牲口食用；东岸产的是白盐，人吃。居民沿岸搭建了一排排晒盐的木头架子，凝结着许多钟乳石般的盐柱，不是采盐的季节，棚子里没有人。江水在峡谷中咆哮着，如血盆大口喷出的血液。芒康也多温泉，前往温泉的道路很原始，崎岖坎坷，是供驮运盐巴的马帮走的，现在，小车也可以摸索着进入，在道路末端，居然出现了马赛克瓷砖砌的游泳池和宾馆，已经被开发成旅游休闲的场所，这是我在澜沧江上游所见的第一个休闲地。过去，温泉自然地沿江散布，江水涨起来就消失，落下的时候就出现，任何人以及野兽都可以钻进去泡泡洗洗，就像从河流中打一桶水来饮那样。如今被度假区的围墙隔离起来，收费。

大峡谷逐渐开阔，山势越来越雄伟陡峭，可以感觉到大地的形势正在发生阶段性的变化，澜沧江已经流到了高原的坡面，在深切的裂缝里冲突着，似乎在平稳的高原上养成了惯性，惨重的下跌令它晕头转向、不知所措，时而逆流形成不动之态，犹豫着是继续走呢还是回去，但已经来不及了，短暂的平静被河流暗藏在底部的力量推着，表面看上去是逆流。其实大趋势依然在滚滚向前，忽然崩溃、垮掉，爆发万马逃亡之势，河流起义似的响起来，震撼河谷，令听见的人胆战心惊，感觉自己脚下的实地也在粉末般溶解，后退两步，风景再壮丽也无心欣赏了，开着车赶紧逃吧。江水落下的季节，才看见河谷里散布着那样巨大的石头，一块就有一间房子那么大。犹如一颗颗黑暗的光头，只有这样的脑袋才能想象出这样的河流，这河流令我害怕，走在它旁边，就像走在狮子的身旁。

早上从芒康开车出发，将近下午的时候，梅里雪山出现了，澜沧江鞋带般地消失在它脚下，世界像大幕那样退去，一座雄伟的山峰组成的大雄宝殿在大地和天空之间升起，诸神的头上戴着巍峨雪冠，比天空还高，好像刚刚获得谁的加冕。这是伟大的山峰，整个澜沧江——湄公河流域最伟大的山峰。冰川从山顶融化，犹如诸神的披肩，那是明永恰、斯农、纽巴和浓松四大冰川，它们是世界上稀有的低纬度、低温（−5℃）、低海拔（2700 米）的现代冰川。令人意识到伟大的山峰并非一处，但许多伟大者藏在人迹罕至之处，普通人只能知晓少数探险英雄转述的传奇故事，比如珠穆朗玛。梅里雪山不同，它与世界的距离很近，站在一条公路上，你就能朝拜它。再坐上一两个小时的汽车，渡过澜沧江，你就到了它的脚下。有些轻狂的唯物主义者因此估计它比较容易征服，可直到今天，那些有征服欲的登山靴已经多次踏上地球上的各座高峰，只有梅里雪山，自 1902 年英国的一支登山队开始征服，没有任何一支登山队能够成功。最近的登山活动是一支日本登山队在 1991 年进行的，结局非常悲惨，遭遇大规模雪崩，队员全部遇难。伟大者平易近人，这不意味着你可以对它轻狂。

自从在澜沧江源头下跪后，我再次在大地上跪下，朝着卡瓦格博三叩。你不必去阅读经文，或皈依寺院，你不必作为藏传佛教的信徒才下跪。我像一个原始人，一个第一次看见卡瓦格博的最初之人那样下跪，我再次感觉到促使第一个下跪者下跪的那种伟大的召唤。宗教是这之后才开始的，宗教其实是从大地得到的觉悟，道法自然，没有大地的启示，人无论怎么苦思冥想，也虚构不出宗教世界来。卡瓦格博令人感受到那种我们后来称之为崇高、敬畏、尊重、崇拜、信仰的东西，它自身先验地保管着这些东西，就是宗教重新灰飞烟灭，这些东西也不会消失。我跪下去的时候是一个下午，山峰之间乱云飞渡，云烟在峰群之间悲剧般聚散着，峰顶时而在阳光下一亮，随即又隐匿了。雪峰偶尔露出时，像是诸神正在闭目微笑，它们就是诸神。在藏传佛教中，梅里雪山就是诸神。当地人将梅里雪山称为“太子十三峰”，这十三座山峰平均海拔都在 6000 米以上。缅茨姆峰，传说是卡瓦格博大神的妃子，洛拉争归贡布（红脸神峰），它躲在缅茨姆的身后；加瓦仁安，是一顶佛冠，海拔 5470 米；玛兵扎拉旺堆峰，也称无敌降魔战神；巴乌八蒙峰，藏语意思是英雄女儿峰；巴乌八蒙的右侧是帕巴尼顶九焯峰，藏语意为十六尊者……主峰卡瓦格博，这是一座金字塔形的峰，海拔 6740 米。在拉萨有这样的传说：登上布达拉宫便可在东南方向的五彩云层之中看到卡瓦格博。当地人认为，卡瓦格博统领着诸神山，包括七大神山和 225 座中神山以及无数山神。人们认为，每一座山的山神都掌管着一方自然，而卡瓦格博统领着整个大地。在一篇藏族作者介绍卡瓦格博的文章里，这位作者坚定地告诉我们：“在卡瓦格博山下，你不能谈论一切细微之处的美，因为对大地上的任何微瑕之美的称赞都只是在赞美卡瓦格博山神统领的大地上的极其微小的细节，这种赞美是对卡瓦格博山神的不敬，也是对广博而和谐的大地的不敬。”藏传佛教的典籍中，如此描述卡瓦格博：“……外形如八座佛光赫弈的佛塔，内似千佛簇拥集会诵经……千佛聚于顶上，成千上万个勇猛空行盘旋于四方。这神奇而令人向往的吉祥圣地，有缘人拜祭时，会出现无限奇迹。戴罪身朝拜，则殊难酬己愿……”民间传说，松赞干布时期，卡瓦格博曾是当地一座无恶不作的妖山（人类无法征服它，无法征服所以意味着它是妖山）。对于那些狂妄的征服者来说，它永远是邪恶的死亡之地，这一性质在日本登山者那里再次得到证实。密宗祖师莲花生大师历经八大劫难，驱除各般苦痛，最终收服了卡瓦格博山神。卡瓦格博从此受居士戒，改邪归正，皈依佛门，做了千佛之子格萨尔麾下一员剽悍的神将，成为千佛之子岭尕制敌宝珠雄狮大王格萨尔的守护神，升华为胜乐宝轮圣山极乐世界的象征，众生绕匝朝拜的胜地。“胜地”一词在汉语中意味深长，最终得胜的是大地而不是人。这些传说其实表达了人们理解大地的过程，卡瓦格博从妖山到保护神的这个转变，意味着人承认“胜地”在大地面前甘拜下风，人类顺应了大地，大地通过人类富有想象力的宗教语言获得升华，成为神圣不可侵犯、不可征服者，人类因此避免了灾难。人终于承认自己的局限，产生了对大地的敬畏之心，人因此将获得大地的庇护、保管，人从此心安理得，安居乐业于是开始。历史记载，1268 年，噶玛·拨希二世大宝法王，藏传佛教活佛转世制度的创始人，朝圣卡瓦格博，确定了梅里雪山大小转山线路。1326 年，噶玛·让穹多吉三世大宝法王，朝圣卡瓦格博。这些伟大的朝圣与世界通常的朝圣不同，它不是前往麦加、罗马、梵蒂冈或者印度，而是环绕高山、河流、积雪、瀑布、森林以及落日、明月。这个朝圣其实可以追溯到更遥远的时代，我前面说过，从对一块石头的膜拜开始。

一直从卡瓦格博垂到半山腰的冰川是明永恰，它从海拔6740米处往下呈弧形一直铺展到2600米的原始森林地带，绵延11.7公里，平均宽度500米，面积13平方公里，年融水量2.32亿立方米，是中国境内纬度最南、冰舌下延最低的现代冰川。这也是河流的一个源头。在云南德钦附近离开滇藏公路，顺着简易危险的土路越过澜沧江，可以到达冰川的边沿。藏族诗人阿布司南带着我去，他在此地用汉语写诗，很孤独，渴望着被承认。冰川前的山谷里藏着一个藏族村子，到了面前才发现，冰川并不像远远看见的那样狰狞、荒凉，人们已经在它旁边安居了几百年。如前往冰川的道路上挂着密集的经幡，这使人无法勇往直前，最狂妄的家伙见了这些神秘的布条也要不寒而栗，铁了心肠继续前进，但已经没有那么理直气壮，脚跟发软。冰川席子般铺在一片泥石流之上，不断地传来碎裂声、坍塌声，仿佛一场战争刚刚结束。如今村子里的人们正在筹划着如何进一步利用冰川来开展旅游，已经进了一步，但继续筹划着再进一步，谁也不知道这个进步要到何时才到终点。富起来的愿望现在非常普遍、非常急迫，不只是穷乡僻壤，就是那些历史上一直得天独厚、安居乐业的鱼米之乡也丧失了传统的自信，惶惶不可终日，思量着如何进一步破旧立新。新起来很容易，但改变之后结果是否依然安居乐业，那就未必了，因为许多新是以摧毁过去的生活经验为代价的，经验是在故乡积累起来的，而新世界却是模仿别人的东西，许多新事物与故乡的传统格格不入，与本地完全不匹配。比如游客带来的塑料垃圾，让此冰川居民完全不知所措，他们从来没有对付过这怪物的经验，以为所有的垃圾都会像传统的垃圾那样，最终为大地吸纳。结果不是，这些据说需要几百年才可以化解的怪物如今在冰川地区随处可见，不知道如何是好。而事实上，附近数百公里的地区也没有处理它们的特殊设施。旅游确实增加了居民的收入，可也令人困惑，村里的人们发现冰川正在一年一年向山顶后退，似乎正在抛弃他们。那些响了数千年的冰块的碎裂声越来越响，越来越频繁，越来越激烈，令人隐隐地不安。故乡大地上有许多古老的事物消失了，这些事物科学界永远不知道，只有当地人知道。有个老人对我说，在他的童年时代，这地方有什么什么，这样那样，现在都不见了。其实这样的话我已经听了一路，从河流的源头开始，人们一直在告诉我大地上许多东西在失踪、在离开，越来越少。这是一个重大事件，其意义之重大超过了人类历史上的任何革命。

治多采风记

在中国地图上，长江的源头在治多县境内。治多这个名字是藏译名，也是上游、源头的意思。治多默默无闻，外地人去得很少，那些伟大源头藏在海拔 4000 米以上的高原里，冰天雪地，没有道路，这不是说句“伟大的母亲河啊”就可以说走就走的。大多数人望着地图犹豫一阵，放弃了，还是将那些伟大源头留在想象中吧。所以当代诗歌提到这些河流的时候，往往充满大词，缺乏细节。一看就是没有到过实地的信口开河。就算是越过海拔 4567 米的垭口，来到治多县，大河之源也还在 200 公里之外呢。

所以，当我在一家没有电梯的旅馆，喘着粗气，上两个台阶停一阵走去房间的时候，望见楼道转角处窗子外面正在暗下去的天空和阴沉的山岗，不禁担忧着这几天要怎么熬过去。我不知道我来这里干什么，我既不想跟着探险队去源头探险，也不想写什么旅行家手记。我只是毫无目的地到处走走，就像那些失群的马匹。我住在昆明一栋 7 层水泥商品房的 5 楼房间里，从我的卧室望出去，是一家保险公司的办公室和广告牌，上面写着：今天你飞了吗？我的客厅里有一台 21 寸的电视机，我只看地理频道，这个频道就像某种笼子里的野兽一样，总是在暗示我，你该出发喽。每隔一段时间，我就要出去走走，否则日益增长的郁闷就会向真正的抑郁症发展，你就得吃药了，医生告诫。李白说，“一生好入名山游”。李白也害怕抑郁症。“五岳寻仙不辞远”，仙人肯定不会在保险公司的客户接待室里，那是甲壳虫卡夫卡待的地方。想到这一点，忽然不喘了，“蹬蹬蹬”就到了三楼，鲍东曲默不作声地帮我提着箱子跟在后面，他是一个身材高大的藏族人，一位官员，县委宣传部的副部长。在内地一般这个职位必有的派头他一点儿也没有，就像一个草原上来的马夫。一位副部长为我提着箱子，这是第一次。那时候我不知道他的职务，只觉得这是一个可以喝两杯的草原上的人，这个草原崇拜的是英雄格萨尔和那些从来不会昂首阔步只是低头看着地面的牦牛。鲍东曲将我的箱子放下，为我打开了房间的灯，就告辞了。许多人为我开过灯，很多年前在日喀则，一位老嬷嬷送给我一个铜铸的器皿，像个小小的马槽。过了很多年，我才发现那是一盏酥油灯。

天已经黑了，看不见治多。天空下闪烁着一片贫乏的灯火，远处是藏獒般俯卧在宇宙中的山峦，黄河或者长江的某个出口在砾石深处汩汩地响着，似乎听得见。外地来治多的人，将治多作为一个驿站，他们最终的目的地是国家地理部门定位的大河源头。这些傻子啊，迷信数据，迷信标志。其实在那些山岗中，到处都是源头。一条大河怎么可能只有一个源头呢?

有人告诉我，我不记得是在旅店还是酒馆，或者长途汽车上，也许是我在网络上看来的。由治多县城再往西走 265 公里，可可西里的边缘，通天河边，有个索加乡，“索加”是“灰色木桶”之意。哦，灰色的天空下，有一只灰色的木桶，他没有说那是源头。他只告诉我那个乡叫作“灰色的木桶”。以最长的为源头，这种原则自欺欺人，一场小小的地震，那源头就不见了。我才不上当呢，大地灵动得很，它可不喜欢被确定不移、被定位。它总是恶作剧地制造些地震、火山、泥石流、塌方、洪水什么的，命名了一千年的老鹰山，一夜之间不翼而飞，变成鹰翎湖，这种事多得是，令那些喜欢坐标和卷尺的家伙再也找不着北。大河源头回来的人，兴奋地谈论着大河之源，治多只是一语略过。大多数探险者的语言总是傲慢、自大，暗藏着宣传式的言过其实，尤其喜欢对那些声名显赫者言过其实，对卑微的事实则忽略。孔子早就告诫，“必也正名乎”，语言的力量在于名副其实，夸夸其谈遮蔽了朴素的事实。有些人去的源头不是同一处，这个见到的源头是一滴一滴的，那个见到的源头是一股，另一个说是一汪……都是源头。有些人见那荒凉地到处冒着水，随便一个沟里蘸点儿冰抹在额头上就逃回来了。窗子被一阵冷风打回来，下起了雨，治多的光摇晃起来，无数的源头从天空流下，将这个高原上的小城卷进了黑暗的大地。

是阿顿·华多太叫我来治多的。8月之初，秋天已肥，正犹豫着到何处去走动，忽然收到一封微信：“我是阿顿·华多太，几年前在青海见过，还送过你一本诗集。”记不住了，啃羊头还是喝酒时？“要不要来青海走走”就像是童年时代，邻居家的阿三来叫我去他家吃饭。我问：阿顿·华多太是何意？“阿顿是我的姓，华多太是吉祥金刚解脱之意 [抱拳]。”“转经筒飞快疾转，微小细风吹拂到面颊”（阿顿·华多太的诗句）这名字是一个召唤，召唤没有那么神圣，取某个名字意味着你一生都将这么做，“必也正名乎”，命名是神圣之事，不可随便。人的一生不过是翻来覆去的名不副实与“必也正名乎”而已。语言的奥妙。阿顿·华多太叫我，这就够了，就像阿三叫我，要去。我一直迷信那些叫确觉坚赞、法鲁格或者约翰、路易、马可的人，这些名字可以信任，来自古老的时代，有传统保证着信用。

这是阿顿·华多太写的诗：

格萨尔的赤兔马赛过阿喀琉斯的战马
与特洛伊战争同样经典的霍岭大战里
感觉到自己　是个藏族人

从发光的三十个藏语字母
在世界最高处的上空
星星般闪烁的格言绝句里
感觉到自己　是个藏族人

有一种时空的超越性。好吧，到治多去玩。

在草原上的传说中，治多是格萨尔王妃珠牡的故乡，是珠牡的父亲嘉洛敦巴坚赞的领地，嘉洛敦巴坚赞的辖区有十个地方，分别是聂恰河上六条河、造雄川、杰吉噶布拉山，宫殿般的达孜堡、赛措湖和玉措湖。格萨尔的大名传得那么远，我在几千公里外的昆明都知道他。当然，英名不会是一夜之间传过来的，它像游牧民族一样，从一种语言传向另一种语言，漫游在遥远的时代，遥远的时代，大地上的语言多如牛毛。格萨尔王的故事必须足够强大深厚，像《荷马史诗》那样，才有能量传下去。之间要经过多少曲解、添油加醋、篡改、遗忘、重写……但是格萨尔王这个名字传过来了，就是你不知道他的故事，你也会听说有个古代的英雄叫作格萨尔。就像屈原，许多人不知道他是诗人，通过五月端午的粽子，他们会模糊地知道有这个人。我曾经在长江的一处岸上听孙敏讲过格萨尔王的故事，孙敏是个写报告文学的，那夜我们住在长江边一位老船工谭帮五的家里。冬夜，冷若冰窟的新房里有一个小炉子（因为建水库，他 73 岁的时候被迫搬家，砍掉童年逮雀的老树，搬到了更冷的高处），炉火微热，我们靠得很拢，几双手在炉面上烤着，手指发光，脸膛发光。谭帮五一晚上都在讲玉皇大帝和三国演义的传说，因为口音，听起来断断续续。书上的故事在他口中转成湖北一个地方的口语，听上去就像在讲他村里的段子。孙敏说起格萨尔王也是一样，仿佛她见过这位大英雄，敬畏，眼睛在镜片后面画十字般地放着光。她说起草原、雪山，说起那些格萨尔王史诗的传唱者，说他们如何天授神启，有的歌手本是常人，忽然昏迷一段时间，醒来就会唱《格萨尔》。他们走遍草原、雪山，到处去唱。我相信孙敏告诉我的事，她做的事令我信任。她曾经爬到碧落雪山海拔5000米处，在一个傈僳人的部落里住了五天，听他们讲故事唱山歌，录下来，带到海拔低的地区去传播。海拔5000米的地方，那些天神般的歌是怎么出现的？天授神启。后来我去西藏的时候，经常打听格萨尔王歌手在何处。他们像草原上的藏羚羊或者灰狼一样，只是传说它们在着，但是都在你永远去不到的地方。背着羊皮口袋的荷马，住在雪山下面的草原上。孙敏的话令我想起荷马。但是《荷马史诗》在大地上死了，只活在书里。格萨尔王史诗却还在大地上传唱，滋生着更年轻的荷马。运气好的话，我兴许会遇见一个。其实我早就遇到过他们中的一位，很多年前在拉萨的罗布林卡，忽然出现了一位穿羊皮褂子的老者，在人群中边唱边舞，戴着羊皮面具，旁边的人都呆住不动，像是被岩石挡住的河流。不知道他唱什么，那时候孙敏也不知道世上存在格萨尔王史诗。

夜雨降低了气温，早晨有点儿冷。下面的街心当中卧着一头藏獒，昂着狮子般的头颅，似乎黑夜被缩成了它身体那么大的一卷。醒目。司机嘎玛说，要小心啦，别被咬到。两条腿就僵直起来。对外地人来说，面目狰狞的藏獒就像是魔鬼派来的兽，令人恐惧。嘎玛笑起来，哈哈，说着玩的，它们都是知道好歹的，只咬坏蛋。那头藏獒走过来，低下魔鬼般的脸，嗅了嗅我们中间的一条腿，走开了。手机看多了，就会害怕藏獒，也害怕草原、太阳、雨水、闪电。手机为你的眼睛虚拟了一个 4 英寸或者 6 英寸的长方形小世界，却悄悄地隔绝了你的身体其他部分和世界的联系。这年头，什么都是虚拟的了。藏獒也被虚拟，在那台小机器上，它们是些价值连城的宠物。在别的地方，藏獒由于身价暴涨早成了通缉犯，在治多，却还在大摇大摆，并不知道自己已经危机四伏。有两个穿橘红色工作服的清洁工在打扫街道。雨停了，从天上下来的水还在，万物都在闪光，草原、云朵、街道、屋顶、水坑……藏獒不顾，在潮湿的路面上国王般地躺着。治多县城的建筑不高，大多数是两层楼，似乎保持着对周边事物的敬意。高的东西应该是太阳、山岗、云朵、寺院，这是古老的常识。人为的最高建筑是贡萨寺，远远地耸立在山坡上，君临万物，在城里看不见，得走十几公里。

我们先飞到西宁。司机嘎玛站在出口接我们，一个壮汉，古铜色皮肤，笑容真诚。车子洗得干干净净，座位上盖着花毯，像是一匹骏马。开车不久，嘎玛就唱起歌来，此后一路不停。有时候他停下车来向某人打招呼。越走近治多，招呼打得越多。对面有一辆车翻了，他停下来，走过去问那坐在路边发呆的倒霉司机是不是需要帮助。他毕业于西宁的一所大学。

先去塔尔寺拜。去一个地方，要知照神灵。30 多年前，我独自来过。那个上午通往塔尔寺的街道上只有我一个人。路两边的台阶上坐着一个个戴帽子的人，冷冰冰的，像是坐在冰箱里，几乎一条街都是。一条街都看着我。我怯生生地走过。我问塔尔寺在哪里，一个人指着一个灰乎乎的地方。朱红色的门，被雨水刷得干干净净，门根露出了木纹。天空是一个永恒的仆人，总是在洗着，晾着。一切装饰都抵抗不住朴素归来。寺院安静得像一头土红色的、眼眶黑暗的藏獒，守着什么。看不见人，黑森森的大殿里亮着一颗光头，有位阿卡坐在蒲团上，旁边是一排光溜溜的蒲团。某处隐约传来“嗡嗡”之声，似有蜂群在黑暗里祈祷。那时候宗喀巴在汉语中已经被遗忘了。语言的记性真是可怕，它可以记住那些过眼云烟的大人物，却忘记了孔子、老子、庄子、宗喀巴、朱熹……那时候这些名字已经很久没有在阳光下流传了。我也不知道宗喀巴，又过了十年，我再次去塔尔寺，这个伟大的思辨者才在我的词汇里出现，他早已被尊为第二佛陀。

宗喀巴说：“我们有百万个原因来礼敬和赞颂佛陀——至高无上的说法者和无与伦比的导师，但其中有一个特别的原因，就是佛陀教导了我们缘起。”

朱熹说：“非原始而知所以生，则必不能反终而知所以死。”

在公元 13、14 世纪之间，中国出现了一批伟大的思想者，他们的共同点都是对趋于僵化的知识有所怀疑，都要回到源头，重新思考真理的含义，创造新的说法以修正，而不是标新立异。

孔子说：“未知生，焉知死。”他的意思是，不知道你的出处、起源，就不知道你要去哪里，要怎么做、做什么。寺院其实是一个令人思考死亡的地方。人是向死而生的动物，只有人知道必有一死。宗教是指路的，诗也是指路的，人如何超越动物性的死亡止于至善（善始善终），宗教、诗是相通的。诗比宗教更古老，只有语言开始，人、宗教才能开始。而语言开始就是诗。中国走的是诗教的道路。所以文有着至高无上的地位，文明，以文照亮向死而生之路。西安的碑林这种地方，只有中国才有。那是中国最伟大的神庙，供奉的不是偶像、教条，而是刻在石头上的六十多万个汉字。

塔尔寺住着许多狗，藏獒，别的狗。一头熊的标本被作为神灵供奉在一座小殿里。大殿对面长廊的地板被磕长头的人们磨得光滑如镜，映出倒影。他们晚上睡觉的毯子和饭盒、包裹搁在墙角，有一股浓重的酥油味。这是另一个“碑林”。

后来我给诗人昌耀打了一个电话，他没在办公室，那时候私人没有电话，所有的电话都是一个声音，办公室的声音。电话机四方的底座上面架着一具黑暗的尸体般的耳朵。电话铃响了很久，昌耀没有来听。如今昌耀已归天，带着他的诗集。他来过塔尔寺吗？他诗里好像没提过塔尔寺，他住在青海，却记挂着密西西比河，“密西西比河此刻风雨，在那边攀缘而走。地球这壁，一人无语独坐”。宗喀巴在黑暗里无语独坐。湟中的风吹着母亲们晾在草原上的布。多年后我到了瓦拉纳西，独坐于恒河边一座城堡的红色岩石砌的阶梯上，想着宗喀巴，想着玄奘，瓦拉纳西这个地方的神走了那么远，那么多世纪，赤着脚，于秋天中在塔尔寺的菩提树下独坐。我记得有个夜晚我在西宁火车站的一家小旅馆独坐，想着昌耀。我猜想他住在一个凡·高式的小房间里，一堆书之间有一张洁白的单人床。半夜的时候，有人破门而入，翻开我的被子、枕头，检查我的身份证，然后风一样离去。

如今塔尔寺像开闸的大坝，凡尘滚滚而入。扩建了一些部分，安装了电子检票口。许多小贩围着塔尔寺兜售各种食物、帽子、矿泉水。一盆红薯摆在路边，个大，火焰般热乎乎地插在不锈钢盆子里，煞是好看，搬起相机就拍，一只手挡住了。老头说，交钱，5元。旅游团摩肩接踵，渡江的大军似的，一船接着一船，东张西望，吆喝着，招呼着，一伙伙朝着某个方向按着手机。大殿里岿然不动的诸神统统被视为财神。许多人相信给的钱越多越有希望实现梦想。给多了，又暗暗担心着香火白烧，功德钱白捐，投资收不回来，他们其实不信。宗喀巴认为：亲近善知识是修学一切佛法的基础。要亲近善知识才能趣入佛法。

小花寺是为七世达赖喇嘛念长寿经而建的。世界上最美的宫殿之一。那些舞蹈着的天神啊，古代的匠人怎么想象得出这样的美！那是可以想象天国的时代。何谓世俗时代，就是我们再也想象不出天堂的样子了，也就失去了建造它们的手。我们的手只能按键盘、刷屏。悄悄地摸了摸小金瓦殿门上的环，14世纪的铜已经凉透。上次来是在雨中，庭院里的菩提树在雨水里闪光，跳着舞。

仆人

多年前我来拜访宗喀巴
阳光灿烂的下午　大师不在
有人在大殿前长叩
趴下又站起
地板被擦得雪亮
就像 19 世纪那些
忠心耿耿的仆人

柏树

那棵柏树站在僧舍外面
塔尔寺的一片阴影
阳光太热的时候我发现了它
荫庇刚够我身

秋天的阵雨落在塔尔寺……

秋天的阵雨落在塔尔寺

红墙与白墙之间
未带雨伞的僧人
提着长袍跑过

供品

雨一批批落下
仿佛香客也来自天空
它们带着水晶跳进庭院时
石板亮起来

背靠大殿

避雨在屋檐下
背靠大殿的圆柱
跟着身后的菩萨望着大门
等着浑身淋透者跑进来

雨伞

那一天在塔尔寺的密宗寺院
天空下起了雨　走不出去了
蹲在藏獒般黑暗的走廊下
犹豫着要不要取出藏在背包里的尼龙雨伞

流水

游人把经筒转得咯吱咯吱响
某种水在流　逝者如斯
导游的小旗子在前面带路
大巴车在围墙外面候着他们
人少的时候　转经筒的声音只是咯吱一下
咯吱一下　一阵疾风折断庙中的旧檐子
也是咯吱一下

8月8日　再访塔尔寺

天色阴沉　这一天是立秋

有棵柏树站在回廊外　头发灰白
当我走进宗喀巴的大殿　手机响了
母亲记着我的生日　在遥远的家乡

第一场雨

我可以带走吗
秋天　你的第一场雨
下在塔尔寺的黄昏
好凉哦

想念

就是在诸神面前
也在想念着你
就是在圣像前面
也在想着拥你入怀

欢喜

想念着你我多么害羞

随着游客走过大殿

诸神会看见我的身体在欢喜着

现在可以进入青海了。上了高速公路，朝着玉树方向去。滚滚白云立即跟着，很快就越过我们，城堡般地排列在前面了。它们唱着童话般的歌，在草原上，在山包上，在牦牛和电线杆上面，在水洼里……黄昏时到了青海湖。灿烂的白日已经退却，最后的湖光谦和，披着灰色的法兰绒。几匹马在等着主人带着它们回家。一匹黑马，滚圆，肥厚，生殖器棒槌般地半伸着，舔着草原。忽然，平地拔起一阵风，像是一匹马扬起蹄子撒娇，顷刻飞沙走石。一个牧马人急匆匆地跑向他的马，静静地握着手机。忽然又停了，那匹疯马跑进了天空。风马旗搭成的彩塔在夕阳下面屹立着，半明半暗，教堂般庄严。青海湖在本地人看来，是一只白螺。从前释迦牟尼在鹿野苑初转法轮，帝释天将一个螺纹右旋白海螺献给他。此后，右旋海螺就成为佛教吉祥圆满的象征。物一旦被灵性的语言超度，进入象征界，它就获得了超越性。海螺因此可以抵达作为物质永远不会出现的地方。我曾经在普米人鲁若迪基家看见一只乳黄色的海螺，像一只苍老的乳头，搁在他家火塘旁的毯子上，他们一家没事就捧在手上摩挲，念念有词，日久之后，海螺包浆深厚，美妙无比，成了神物。他家在云南高原泸沽湖附近的高山中，这只海螺来自哪一片大海，已经不知道了。诗就是这样传布的，格萨尔王史诗就是这样传布的。我第一次见到这只海螺的时候，鲁若迪基家来了一位萨满（普米人叫韩规），老爷爷，白胡子，他为我算了鸡骨卦。他已经去世。鲁若迪基用汉语写诗，已经写了20年。前天打电话告诉我，他就要去墨西哥了，那里的人们邀请他去念诗，他准备带上他的氆氇、马靴，他念诗的时候，喜欢打扮成格萨尔王史诗说唱歌手的样子。

青海湖越来越暗，就要沉入大地。像一块安然展开的毯子，等着世界来睡。住在这湖边上的人们对这个湖所做的一切，都暗示它是一位神。它因此确实成了一位神灵，无人敢轻举妄动。在唯物盛行、将一切都视为开发资源的时代，它安然无恙。这是信仰的大功德。我捧了点儿水来喝，咸的，很咸。

天色暗下来的时候，我们驶上了山岗，青海湖在下面，暗蓝色的，就像黑暗宇宙中的一只眼睛。嘎玛说，在我们看来，这是一只海螺，我又看了一眼，是的，海螺。

夜里到了一个叫共和的县。“民国三年至十七年（1914—1928），共和归蒙番宣慰使管辖。民国十八年（1929）七月十一日在曲沟成立共和县，取五族共和之意。即将西宁县所属上郭密、下郭密和湟源县所属恰卜恰等地，划归共和县管辖。”（百度）有四星级的宾馆。住的人不多，所以不贵。

有一家羊肉馆还开着，叫作马记羊肉面馆。灯火通明，热气腾腾。老板或伙计像旧时代的人那样，诚实、热情。生怕你吃不好。不是要赚钱而是要你夸他的东西好吃。我夸了。有一种面叫作炮仗面，太好吃。

白云卷起裙子，跟着我们的车子跑。肥大的、孕妇般的、魔鬼般的，蘑菇、巨人、宝塔……令人想入非非的天空。吾儿美岗大桥，野马岭大桥、野马滩大桥。看不见野马，有些牦牛在沉思。康巴人像烤焦的红薯背着编织袋走着，从前他们背着布袋或者羊皮口袋。目不斜视，依然是那种古老的大步流星，大地上的那种走法。

一群牦牛站在公路上，其中最威武的那头转过身来，断喝：等我们先过！嘎玛乖乖地刹车，手枕方向盘，满面内疚。

经过歇武多干寺。歇午河。那寺院看上去像它面前河流上的石头堆一样古老。

重建的玉树城令我吃惊。地震前我来过，美好朴素的藏式小城，结古寺在山头君临一切，僧人在冬天的阳光下走来走去，转经筒在水井旁边响着，老嬷嬷边走边摇，像是牵着蜜蜂。玉树还是没有高楼大厦，重建的结古寺依然在蔚蓝的天空下君临一切，更坚固了。我担心在废墟上重建的东西，只不过是另一种废墟。没有，依然是藏式的城，有着城堡的风格，没有令人惊慌的宽阔大街。小巷、嘛呢堆、积水的小水坑。一家餐馆的门口，老板往挂在墙上的小炉子里点燃了祈神的柏枝。那个三个世纪以来由无数的手从大地上收来的石块堆积起来的嘛呢堆还在，安然无恙，像巨大的钟岿然不动，人们依然日复一日地秒针般绕着它走。里面有我放进去的一块。据说，这里有20亿块石头。背着黑色雨伞的人。捻珠子的人。肩膀上坐着小孩的人。乞讨者。一头有残疾的牛，爬在路中间，大家喂着它。脖子上挂着价值连城的珠宝的妇女。旁边的小街上开了一家古董店，有一个黄铜小盏，像金色的鸟刚刚张开翅膀。后来我发现，它是用来为灯添加酥油的。秃鹫依然在巴塘山坡上蹲着，听着天空下传来的斧斫之声，而时代，已经一个个过去了。

在一场阵雨中穿过彩虹，来到贡唐山垭口，海拔4000米以上的地方到了。垭口上有嘛呢堆和经幡，意味着这里有一个神灵。门神。刚才满世界还水淋淋的，这里却刮着北风，阴沉着，从来没有下过雨似的。公路两边是荒原和山冈，几根电线杆子孤零零地站在里面，一些石头在坡头上发白。旱獭站起来四处看看，又缩回去。公路边有一间平房，这是唯一可以遮风避雨的地方。一个脸膛通红的小伙子在门口洗一辆越野车，朝我们笑。门口站着一位炭红色的年轻尼姑，看见我们朝里闯，就走了，顶着乌云，顺着空无一人的大道。屋子里面是个小商店，20世纪60年代流行的那种供销社开的国营商店的样子。前排是玻璃柜，后排是货架，摆着些糖果、盐巴、解放鞋、肥皂之类，往里还堆积着各种物资。一个眼睛发亮的小伙子站在柜台后面。一根木柱子上挂着几条围巾，相当洋气，肯定不是本地的，是来西藏旅行的外国人围的那种。问多少钱一条，20 元。是不是羊毛的，是的。其实不是，供货的人告诉他是羊毛，那就是羊毛。他信，这是一个还在信任的地方。大家欢呼起来，一人围上一条，脖子即刻暖了。给了小伙子 100 元，他大概卖一天也卖不到这么多钱，连声感谢，说着生硬的汉语。里屋有铁皮灶，旁边墙上挂着七八只炒锅。雕花橱柜里陈列着一排黑乎乎的炖锅。靠墙支着一排旧沙发，后面的墙上贴着一幅毛泽东的像，炉子旁坐着老爷爷和老妈妈，还有一位裹着暗红色布袍的老尼，中世纪般的温暖。我们坐下来，老妈妈就起身取出杯子，拎起炉子上的水壶，倒出奶茶来。她穿着棉袍，淡红底子上面印着小白花，布鞋，就像一位圣母。小口小口地啜茶，呵着气，茶里放了盐，像汤。大家都不言语。默默地喝，叹气。我想问，那些唱格萨尔的在哪里，她必知道，他们必定来过这个小屋，但是我说不出来，这个要用藏语才问得到。身子热起来，就走了，大家相视而笑，就像有个从未谋面的母亲住在这里。

县政府在广场上举办庆祝大会。广场平坦宽阔，像所有的广场一样平庸。

但是主席台非同凡响，上面搭了一个小宫殿。主席台下坐着黑压压的来自各个乡的群众，每个乡举着一个牌。长者坐在最前面。群众的衣着颜色五彩缤纷，但给人黑压压、活脱脱的感觉，就要井喷似的。不像贵宾席的人物那么冷静、考究、一致。一群穿着白色丝绸、戴着花环的仙女和仙子走到那搭在台子上的宫殿前面去跳舞，缓缓地飘起来。就像高原上河流的舞蹈，缓缓地。藏族的服装或许延续了唐代的风格，也许是受文成公主的影响吧。她不是一个人来，她后面是一支由工匠、裁缝、种植人员组成的队伍。康巴人个个英俊，像美国西部电影里的牛仔，显而易见的天真，信着一切。他们都住在草原深处，孤独地劳动，盼望着节日，这是他们的劳动和美得到肯定、赞美的时刻。有个青年像是王子，头戴镶着各色宝石的银冠，冠顶插着三面小旗，灿烂的宽腰带，周身闪着光芒。脸庞是古铜色的，结实有力，肌肉滚滚，目光慈祥、诚实、信任。“古拉妥杰面如满月，虎背熊腰，仪表堂堂。头戴阳光普照金盔，盔顶一个火焰似的红缨，身着黄金甲，外罩黄缎子披风。金色花纹和箭袋里，有吃肉的毒箭五十支；在日月对照的弓袋里，藏着一把铁弓；腰间佩戴着一把吸血宝剑，胯下是一匹鹅黄色的千里马”（《格萨尔》史诗里的一段）就是他。

12 世纪的时候，秋杰次成帮巴创建了贡萨寺，它是嘉洛草原上最美最坚固的建筑，在海拔 4300 米的嘉吉阿尼噶宝山坡上。嘉吉阿尼噶宝山看上去不高，看不见一棵树，野草连着灰色的天空。乌鸦在飞。忽然出现了贡萨寺，就像一只有着红色爪子的金色巨鹰，停在山坡上。

鹰爪前面流水淙淙，乱石被造物主倾倒在岸边。我站在荒凉的公路上远远地望着贡萨寺，就像是站在唐僧、孙悟空和八戒的队伍里，将被召唤或者拒绝，心情复杂。有一栋白色的房子立在路旁，走过去一看，是一个石头砌的小厕所，被暴风雨洗得异常干净。寺院前面的流水上面架着桥。忽然，几个红衣童子飞出来，不知道他们住在何处，奔向天空的样子像是放学，要去沐浴，要去骑马。很快就在一片高地上消失了，乌鸦跟着。入口看不见一个人，只听见转经筒的声音。有一头驴站在墙后面，在墙头探出一张忧郁的脸。走到里面，摇着转经筒的老妈妈出现了，一个个顺着墙根走着。有个妇女笑嘻嘻地和我们打招呼，她戴着头帕，上身满缀着绿色的珠子，都是绿松石，价值一栋大楼。一位臃肿的女神。贡萨寺本来在闹布旺江边，1981 年搬迁至此，建造了全世界最大的室内铜制镀金的宗喀巴像，得到“大世界吉尼斯之最”证书。这是百度介绍贡萨寺的重点。大殿的门口塑着两只青绿色的狮子，比真正的狮子更威严狰狞，有人在它的肚子下面塞了一把伞。宗喀巴的塑像太高了，高到看不见整体，只能看见局部，金光暗涌。大殿里忽明忽暗，白度母在垂目微笑。不知从哪里走出来一位驼背的小僧，大约 15 岁或者 35 岁。长得像一粒豆子，大眼睛，腮帮子被阳光烤得黑红，披着旧袈裟，仿佛来自 12 世纪，那道门一直都在。咧嘴而笑，太阳从他的牙齿间出来了，刚刚吃过一颗糖。默默地为我们指出一些东西。贡萨寺虽然重建，但是做工固守传统，新式材料也被传统的工艺收服，非常好，细节深厚，手艺没有失传。雕梁画栋，壁画、佛像、地毯、酥油灯，相当梦幻，洋溢着12世纪以来的安详。驼背僧怀揣着一把铜钥匙，长得像一把短剑，看上去是12世纪传下来的。他打开一道门带我们进去，里面的橱窗里堆积着高山般的经书。

乘车时，几次经过白螺湖，不知道。草原上这样的水洼太多了，但某个时间，住在草原上的人们都走出帐篷，或骑马，或走路，或开车，或驾驶摩托，后面坐着妇女、娃娃……都朝那儿去了，我们就跟着。他们去干什么你都得跟着，这支队伍是那么兴奋、活跃，仿佛个个背着一口袋一口袋的温暖、欢乐、幸福。你不跟上，你就是孤家寡人。大家穿过草原，走到一个水洼附近就坐下来等着，有人搭起帐篷，有人去喝水。这个水洼比暴风雨那头公牛的蹄子在草原上踩出的水洼大些，底部长着苔藓，晶莹得像少女之泪。这是一个源头。源头的水渗过草原，在下面一层的草原上形成了一个小湖。小湖的水又从一条溪流走向更远的草原，如果一条河在那边走过，它就加入了。这个源头供给大地的形式就像一个隐形的曼陀罗。上面的草原和低处的草原之间有一个断崖，刚好可供穴居。要下雨了，已经飘来零星的雨珠，大家依旧坐在草原上，好像还有比避雨更重要的事。草原是湿的，坐下去才发现。我不知道人们来做什么，即将下雨也不走。发过一个日程表，我没看。草原上没有做作的事。忽然，一汪紫水出现在乌云中；忽然，赛马大会开始了，骑手从草原涌出；忽然，婚礼开始了，新郎新娘从天空走下；忽然，一队喇嘛抱着黄布裹着的经书走下天空，一道金黄色的闪电慢下来，照亮了阴郁的山峦；忽然，一只鹰从石头里飞出来，本来黑暗的石头，白了；忽然，圆寂多年的高僧的法身，长出了黑发；忽然，卓玛出现了，背着旅行包，她刚刚大学毕业，在文化局工作。我们沿着湖走了一圈，她说了一些事，她不喜欢内地来的游客，他们带来垃圾。我们笑着调侃了一下旅游公司弄的那块石头，他们雕了一个珠牡像泡在水里，本来美好的想象，漫游的想象戛然而止。白螺湖从来没有出现过这种东西。然后我们经过一块真正的石头，石头上供着一具羚羊角，几乎要风化了，已经放了不知多少年，极美，已经神化。那只羊早已进入恒河。卓玛说，谁拿走了它，谁就会遭报应。下雨了，她从登山包里掏出一把伞给我。后来我忘了她的名字，草原上的女子都叫卓玛。忽然，阿顿·华多太的电话响了，此时他正躺在地上想着他的诗，衣服都被洇湿了一片。后来他给我看："青草，沙砾，你们在交谈什么？ / 能不能告诉我 / 那些白色的帐篷 / 搭着哪个王朝的语言……"有人在给鲍东曲照相，以白螺湖为背景，他很害羞，呆若木鸡地站着，手足无措。嘉洛草原是害羞的，害羞的牦牛，害羞的僧侣，害羞的旱獭，害羞的老鹰和乌鸦，害羞的少女和小伙子，害羞的嬷嬷和爷爷，害羞的少年，害羞的卓玛……唉，这个世界已经那样厚颜无耻，草原压根儿不知道。

拉日村的才松和他的乡亲也在湖边搭了帐篷。他们的老帐篷在

90 多公里外的科嘎哇神山下面，那座神山在冰川与长江流漫造成的湿地之间。神山下面是神湖。据说，科嘎哇神山与伟大的冈仁波齐是一脉的，但是谁也没有测量过，没有这样的卷尺，他们是用神话测量出来的。转科嘎哇神山一圈相当于念了莲花生大师的心咒一亿遍。好地方哪，跑来这里搭帐篷干啥？他们响应号召来推广旅游项目。村里的老匠人都来了，帐篷里弥漫着酥油味，几个像草原一样不知道自己年龄的老嬷嬷老爷爷坐在毯子上笑眯眯的，为自己的帐篷、糌粑、酸奶和手艺自豪。都是与牦牛有关的手艺，如何饲养牦牛，如何挤奶，如何制作酸奶，如何用牦牛粪升火、筑墙，如何用牦牛粪将铁烧红，制成锥子、钢针、刀具、铁锤……又如何用这些工具缝制牦牛皮的氆氇、帐篷、靴子、马缰……牦牛给了他们一切。牦牛在草原上至高无上，帝王般慢悠悠地享受着草原和人们对它的尊敬。这些工具从远古传到现在，榔头还是榔头，钢针还是钢针，锥子还是锥子，剑还是剑，刀还是刀，瓢还是瓢，锅还是锅，鼓还是鼓，碗还是碗……朴素、诚实的工具，忠实于手，忠实于劳动、生活、爱情、死亡。他们样样都毕恭毕敬地带来，铺开在地上展览，就像晚年的海德格尔在黑森林表扬凡·高的靴子。才松表演了钻木取火，他魔术师般伸手在氆氇里掏了一阵，掏出一小包火绒以及木棍、火镰，趴在地上将木头切磋磨砺了几分钟，凑到火绒上，一股烟就冒起来，火来了。刹那间就回到了一万年以前。大家笑逐颜开。只要这材料、这工具、这手艺不消失，人类怕什么洪水滔天。这位燧人氏有一辆进口的越野车。才松搓搓手，去供桌上把他家祖传的长刀取下来给我挎着，搂着我照了一张相，他壮实得就像一头熊。

我又去了别处玩，和三个年轻的僧侣坐在断崖下，稍微避下雨。我们一言不发，各自揪着草玩着，像是石头彼此靠着，本来就靠着。天空在散布消息，雨要来了，总是不来。人们彼此看看，又看看湖。唱歌或不唱，脱掉衣服或穿起来。湖边坐着一个骑士和一个姑娘，男的搂着她，低头说着悄悄话，仿佛世界只剩下他们两个。小孩朝湖里扔石子。一老者走去草原深处撒尿。人越来越多，都盘腿坐下来，等着。吃东西，嬉闹。过去了近两个小时，某个时辰到了，法号忽然响起，像是野兽站在山岗上长嚎。看见一队僧侣从坡上来，个个戴着五佛冠。小和尚露着头，穿着红布做的袈裟，笑眯眯，哈达飘在手上。围着水洼坐下，有四五排，等着。片刻，人群里走出几个神一样的人物来，穿着灿烂的丝绸袍子，大红的、金黄的；戴着冠，每个冠都不一样，有的插着羽毛，有的插着旗子，有的镶满了宝石。腰带上绣着花。开始唱了，苍天、大地、人都静下来。耳朵像草原一样开始生长。那声音像在恳求，又像是在赞美。那么灿烂，那么喜悦！有人告诉我，他们是格萨尔王歌手。哦，荷马就这样出现了，从草原深处，个个明眸皓齿。人群一排排围着，盘腿坐着像是僧侣，风马旗搭成的塔在天空下屹立，微微摇动，就像彩色的教堂。比教堂更具神性，没有一块岩石，只是一些线拴起来的布，庄严、伟岸就矗立起来了。一个陶铸的镶着兽头的大炉子在煨桑，桑烟滚滚升入天空。我看见了那个在广场上遇见的王子，原来他是一个格萨尔王史诗说唱歌手。歌手有七位，一个戴着墨镜的，我也在广场遇到过了，那时只是不知道他是谁，像一位中学老师。他们轮流唱一段，伴以舞蹈。这史诗就像酒一样，一旦开唱，歌手就着魔，忘乎所以，灵魂出窍，投入了语词和音乐的浪潮，就要唱个不停了。纽约布朗克斯西区 Kool Herc 的嘻哈派对算什么。这种说唱已经持续了 1000 多年。有的歌手不能控制自己，只管唱下去，一段接着一段，摇晃着头上的花冠，闭着眼睛，已经乘着飞毯回到了千年前，再从那里一秒一秒唱回来，这要唱多久哪。管事的人赶紧跑过去凑着已经迷狂的歌手的耳朵叮嘱他不要唱太久，他突然停下，像是被折断般愣着。《格萨尔》的开始和结束是固定的，中间是开放的，中间发生的各种故事，甲歌手可以唱三天三夜，乙歌手可以唱九天九夜，丙歌手可以唱三个月……如果自由自在地唱的话，可以永不停止。基本故事来自遥远的时代，后代的歌手可以根据每个时代的事情、现场而创造，加入。但《格萨尔》总是那条叫“格萨尔”的河流，永远不会改向。

不知道他们唱什么，不必知道，听见、看见、在场就够了，听见那声音，灵魂必出窍，如果你有的话。在印度的一种古老祭祀上，祭师唱的是 7000 年前传下来的歌，什么意思早就不知道了，但是歌声一响，神灵就会到场。孔子说祭神如神在，就是说要在场，不在场的祭只是知识，没有灵性。

云层集聚过来，低头察看着，它听见了。那天空令人恐怖、敬畏，在铅灰色、苍黑、苍白之间，偶尔露出一角遥远的蔚蓝，如天堂的草地。云重得仿佛就要砸下来，垂得那么低，几乎可以够到。巨大的脸庞，分裂着、燃烧着、统一着、创造着……在诸天、众神、魔鬼、狮子、羊群、蘑菇、熊、狼、狮子、白鹤、宝塔、宫殿……之间变幻，一个疯狂的变脸艺人。最高处是无边无际的空，风在吹。

这个场景与《荷马史诗》写得差不多："让宙斯作证，赫拉的夫婿，炸响雷的神仙。阿伽门农信誓旦旦，举起王杖，接受全体神明的监督……特洛伊人，和达尔达尼亚人正在集会，拥聚在一个地方，久久地等着使者的回归。"（《伊利亚特》陈中梅译）

格萨尔王歌手的说唱告一段落，在草地上坐下来，喝口水。坐在湖边第一排来自贡萨寺的大师开始念念有词，狮鸣般的声音在大地上腾起，朝天空走去。雨点落在他们脸上。我现在知道了这是在祭白螺湖。对于当地人来说，这不是湖，也不是水洼，这是格萨尔王的妃子珠牡在大地上的化身。在我们看见物的地方，他们看见神灵。

格萨尔史诗歌唱过这位王妃：

美丽的女子住在群山之国

珠牡王妃是美人中的美人。

她跨一步就跑出百匹骏马，

她退一步就跟着百头肥羊；

冬天她比太阳暖和　夏天她比月亮凉爽

周身散发着花朵的芳香　蜜蜂成群绕着她转

人间美人无数　只有她才是美人中的美人

格萨尔大王率领大军去了北方　如今她正独守空房

忽然想起那些古代的记录："诗者，志之所之也。在心为志，发言为诗，情动于中而形于言。言之不足，故嗟叹之。嗟叹之不足，故咏歌之。咏歌之不足，不知手之舞之足之蹈之也。"这段记录讲的就是一场祭祀，一个招魂的唱法，一种起源。人们围着一棵树、一块石头、一座山，万物有灵，通过声音、动作、表情召唤那些他们敬畏的神来帮助他们，进一步，声音成为乐曲，动作成为舞蹈，表情成为面具……他们模仿万物来超越万物，取悦万物，将万物的诗性、力量通过艺术形式取悦，感激转移到他们的生命中。之后，进一步，有些部落走向宗教仪式，有些部落走向礼仪、文教。嘉洛草原的祭祀既有《格萨尔》史诗继承的原始苯教遗风，也有来自印度的藏传佛教的仪轨。并行不悖，彼此呼应，诸天同乐，世所罕见。

《诗·大序》："哀乐之心感而歌咏之声发，诵其言谓之诗，咏其声谓之歌。故古有采诗之官，王者所以观风俗、知得失、自考政也。”《汉书·艺文志》：“孟春之月，行人振木铎徇于路以采诗，献之大师，比其音律以献於天子。”这是诗现身的时刻，也是采诗的时刻。采诗然后固定于文，也是文明的另一个方向，文明就是照亮，“修辞立其诚”。“祭如在，祭神如神在。”“吾不与，祭如不祭。”因为这次祭湖，我读了《格萨尔》史诗，采到了上面的这两段，也再次重温了《论语》。格萨尔王的原作是口头的、记忆的、流动的，被好事者记录于藏文，开始固定，又翻译成汉文，被印刷，被引用，越过无文的草原进入图书馆、网络……一个草原上的格萨尔现在在图书馆有了一个化身，图书馆变成了草原。我引用的这一段汉语原作是藏族作家阿来翻译的，我修改了一下，再次翻译。但是，源头的《格萨尔》史诗并没有固定，继续在口头上流传。这是一个伟大的奇迹，神并没有离去。世界上的许多史诗，包括《荷马史诗》，被文字记录下来，口头流传就消失了，失踪了，死去了。如今在小亚细亚，你再也遇不到一个荷马。我相信从前荷马也不是一个，有失明的荷马，有心明眼亮的荷马，有瘸腿的荷马，有骑在骏马上的荷马，有像格萨尔王或者阿波罗一样英俊的荷马……否则那些事情怎么会被看见?《荷马史诗》不仅仅是听说的，也是被目击的，比如：“他这样的祈祷。福波斯·阿波罗听到了。肩上挂着弯弓和箭袋，从奥林匹斯山峰上，怒气冲冲地直奔而下……箭头在肩上琅琅作响，他的降临犹如黑夜覆盖了大地……”

这必须看见过黑夜降临的景象才说得出来，这个无法想象。将荷马说成是一个盲人，我以为是一种隐喻，因为故事发生的现场已成废墟，一切都是传说。传说不能看，只要闭着眼睛听，在想象中证实，记住要领，然后适当地依据止于至善的原则添油加醋。史诗并不是史，而是诗。诗是超越性的，它总是在超越、加持事实。流传中的伟大史诗总是在超越，也总是在努力回到实况。实况意味着真理有出处。次要的史诗传来传去就失踪了，因为添油加醋过度。《格萨尔》史诗被文字记录在案是三四百年前的事，而在文字之前，它早就在口头流传，没有记录，不知道已经流传了多少时间，有人说是1000年，但是谁知道呢。各个时代的歌手根据他自己时代的流向、氛围、语感，不断地阐释着史诗的真理，基本构架，丰富它的细节，持续它的魅力。然后某日，再次被文字采集，出现新的版本、新的译文、新的流传，这就是文明。嘉洛草原看上去像所有的草原一样平庸，但它暗藏着活的史诗。这是一个神性的草原，神性，可不像一般以为的那么张牙舞爪。

时辰到了，大家一道起身，舞蹈般地摇晃着，跟着格萨尔歌手和喇嘛，沿湖绕行。小喇嘛一个接一个在湖边飞着，姑娘们笑吟吟，小伙子紧随。老妈妈依旧走得很慢，以环绕贡萨寺转经的那种速度。老爷子在盘算着去哪里喝上一杯。外地来的那些不信神的人也加入进去，默默地，沉思着，跟着走。大喇嘛庄重地走在最前面。每个人脸上都洋溢着轻微的光芒、深沉的喜悦、满足的幸福，一副副得道的样子。诗可群。

在阴郁的草原上，白螺湖发着光，像是一种自在的谦虚。

“当其无，有室之用。”（老子）

最后是诗两首垫底：

白螺湖

看不见草根　黑夜上面　草连着草　组成了嘎玛草原
母马般地卷伏　正在低语　在发亮的天空下　等着
下一场阵雨　来了　马背闪光　风朝经幡涌去
牧人收紧了皮缰　牦牛是黑暗的陵墓　带来一朵朵
阴影　之间有一潭水　暴雨的烈马留下的一个蹄子印
羊群要绕开　只有星月获准逗留　藏族人看出这是一只
海神遗落在大地上的白螺　献于王妃　云在后面建造
一座座高耸在天空间的护法殿　羚羊穿过黑暗来磕头
取水　它们找到逗留的地方　总是有相爱的人来
贫穷的人来　牧羊人来　迷路人来　失败的人来
躺着　仰望天空的是拉日村的洛桑多吉　煨桑的
是旺姆嬷嬷　也有悲伤的人　不知道冥冥中谁在揩拭
镜子　时间涌出来　又落向何处　那双眼睛不在

我们中间　它看见大地上有火焰　玉石　庙宇
牛奶　爱情　水罐　舞蹈和祭坛　鹰在云端上打坐
乌鸦背着蔚蓝色的石头　万物有灵　这样看世界多妙
带着远古的铜色　沉着苔藓和沙　我们来拜访草原
我们总是在赶路　赶路　最后被落日驱逐出境
天黑后　打酥油茶的妈妈　坐在星空下　一千零一次
讲起格萨尔王的妃子　嘎玛草原上的传说　声音很低
像是溪水滑过草叶　感激　坚信　依靠　安静
白螺湖离公路不远　很容易被当作水坑忽略

贡萨寺

海拔很高　岩石和溪流呼吸困难　大地之王
贡献这广漠的铅灰色　寒冷　炉子　雪和无用
肉体的禁区　只有精神留下光溜溜的身体　山岗
一条条横亘在天底下　舒展着不言自明的教义
永远长不高的牧草是一支纪律严明而弯曲的军队
令一切归于平庸的神圣　秋杰次成帮巴所建
贡萨寺挨着石头　流水　护法殿的表面是赤色和
灰白色　壁画里面藏着真丝　真理只有露水的时间

与乌鸦和鹰隼平行　还有更深奥的　牦牛一边低头
寻找食物　一边将毛囊间的血　引向黑暗　这草原
有门坎　并不比跨进12世纪的圣殿轻松　脚一踏错
就陷进沼泽　这是一处基地　朱红色的蜂巢或者
大雄宝殿　看你有几只眼　白云皈依多年成为塔
昆虫在砾石间爬行　背着酥油　荞麦　牵着秃鹫
藏传的风　年轻人追随老年人　旱獭跟着羚羊
妇女们低头看地　裙子垂在地上　转经筒摇晃着头上
的辫子　父亲摇晃它　母亲摇晃它　儿子们摇晃着它
风摇晃它　老祖母在故乡的嘛呢堆旁摇晃着它　纺车
摇晃着它　牦牛总是一动不动　摇晃着它　在低凹处
朝圣者磨磨蹭蹭　爬了3000公里　犹豫在绝对的
信仰中　坚定　抵达时他们重新成为石头　哪有
荒凉　哪有丰富　世界在于如何认识　贫乏者
视天堂为野　神看见木碗中的花园　乌鸦永远
飞不出与生俱来的黑茫茫　沉思　捕捉　等待
辨识　坐在阴沉的大殿诵经　或者去山坡上看它们
做爱　微缩着黑夜　守卫偶像的藏獒蹲在走廊尽头
时刻使着法力　监护着质量　尊严　肃穆　寂寞
随时会吼起来　吐出多余的骨头　谁说它是一只狗

无人能够称量的黄金　来历不明的经文　伟大的手艺
谦卑地描出度母　有一根浸透手印的木棒来自
喜马拉雅森林　此刻神秘地搁在蒲团上　柏木
可以敲打出曙光　驼背的小喇嘛有一把7世纪的钥匙
领着我去开门　他叫顿珠　确实有无数的珠子在等待
石头遍布山岗　不一定回得去　向一切致敬　然后回家
怀着喜悦　那是个好日子　我朝拜了治多县的贡萨寺
秋天刚到　草原微黄

2017年10月26日星期四

后　记

记不清是什么时候，“源”文化的概念进入了我的生活。我与“源”文化似乎是一体的，但生活在“源”文化的浓厚氛围之中，却很少关注和思考过“源”文化的价值和意义。

搜寻记忆之源，曾经有一部电视纪录片，是原玉树州政协副主席、玉树州文联首任主席、著名作家昂嘎先生拍摄的《各拉丹冬的儿女》。这是一部令人震撼的佳作，首次将人与“源”相连接，让人们的目光开始转向了自然的存在状态。尽管他已经仙逝，不能看到这套“源文化”丛书。但是，他的思想和精神却在这里延续。他是“源”文化的启蒙者。2008年我的《寻根长江源》，他给予了较高评价，并鼓励我“走出长江源，走向三江源，走向青藏高原”。从那时起，我潜意识里早已认定自己是各拉丹冬的儿女，便在不经意间盼望着能够亲近这座耸立于长江源的雪山。在此后的岁月里，我似乎一直在走向各拉丹冬。直到各拉丹冬的冰川还未完全融化的2002年，我终于站在海拔5000多米的冈加却巴冰川前。当我看着万里长江的第一滴水珠滴落在大地的刹那间，我仿佛洞察到了人类心灵深处那根深蒂固的“源”

文化情结。汉文化对于探源有着2000多年的漫长历史。而游牧人因着“逐水草而居”的千年游牧文化，探“源”几乎是与千年的游牧生活相伴的，对于“源”充满了母亲般的感恩。所谓“逐水草”，“逐”的可是人畜生存的基本条件。在青藏文化的千年历史中，虽然未曾发现有关大规模探源的历史记载，但是从游牧人生存的角度而言，一个游牧人或者说一个游牧部落，一定有寻找水源的经历。当我们沿着通天河、黄河和澜沧江寻根溯源时，那注入江河的每一条溪流，都滋养着沿岸的无数生灵。我们可以推想，每条小溪的源头，很有可能都住着一户游牧人家。他们驻扎于此，在不了解游牧生活的人看来，只是人生旅途中一次偶然的停泊。其实，对于游牧人来讲，那是一次探源之旅的选择。在青藏高原的万山之中流动的无数涓涓细流，皆从“源”而来。如果我们人类不以某个概念限定自然的法度，而依照大自然本身固有的状态来讲，整个青藏高原布满了“源”，无数个“源”形成了三江源。在八百里通天河的两岸，除了少数牧户和村庄在饮用通天河水外，沿岸的寺院、村落大都有一条充满传奇故事的饮用水源。

千年的寻根溯源，所寻找的并不仅仅是自然的水源。探寻到某条河流的源头，其实也不过是自然地理的存在形式。那从大地上汩汩冒出的泉水，我们人类的目光未曾与它相遇前，“存在”在那里早已等着我们。为何有人在黄河源头，从沼泽地里冒出的一支溪流前泪眼模糊，诗情喷涌？为何有人在各拉丹冬的雪山脚下，五体投地，叩首大地？为何在澜沧江源的吉祥泉，才想起敬天地、赞日月？所谓“饮水思源”，是人类共同的情感。“思源”一定是不由自主的，就像孩子思念母亲。这“源”字能启开人类情感的阀门，唤回久已迷失于人类文明的童心。它没有民族，不分宗教，也无性别，甚至不限于人类，能够超越人类自制的樊笼。“源”能“启生人之耳目，穷法度之本源”。

在通天河南源莫曲河的源头，有一条泉水，名曰“切果阿妈”。“切果”有源头之意。“阿妈”似乎不用翻译，全人类各民族的语言中都有类似的词语。如此普通的一条泉水，却点开了“源”的密码——母亲。传说宗喀巴大师，少年离开家、离开母亲，西去拉萨求学，终生钻研佛学，探究人生哲学，开创了显密圆融的新学派。到晚年，已是声名远播的大智者、大成就者，被尊称为“佛陀第二”。传说某天，他在甘丹寺东边山腰传法，忽闻布谷鸟鸣叫。这声音勾起他对远在宗喀山下的母亲的怀念，大师不由自主地叫了声“阿妈”。传说弥底大师是印度的大班智达。他远离自己的家乡，抛却地位和名誉，跋山涉水来到雪域高原，甘愿过给人打工放羊的生活，据说是为了超度投生雪域受难的母亲。我想他也曾经在心底无数次地呼唤过“阿妈”。那可是他生命的源头啊！

江河溯源，那源头便是一切生命的“切果阿妈”。历史探寻到原始，神话是历史之源；哲学的发端，与神话相连；充满传奇的神话是信仰诞生的源头；生命追寻到起点，母亲是最后的归宿。一切民族的文明源头，都有一条被称为“母亲”的江河。这“母亲”乃是万物之源，生命之源，文明之源。

我们在源头看到的不仅是江河的摇篮，其实在那里能够寻找到人类的情感之源，哲学的思想雏形，神话的原始风貌，史诗的现场演绎，文明的一缕曙光。总之，那里充满了“源”文化的氤氲和诱惑。

我一直想用文学的方式向世人展现“源”文化的魅力。缘此，2017年，在玉树州政府的有力支持下，组织发起了“中国人文生态作家团‘源’文化考察活动”，使一批智慧而充满情感的著名作家，踏上了“源”文化的生发现场，他(她)们从不同层面，以不同视角观照那充满母爱和魅力的“源”文化，并以各自的方式表达了不同的思想。

古岳是一位行走大地的智者。他是用纪实性的笔法探求真理的大作家，同时又是守望三江源，投身“源”文化的生态守护者。二十多年的岁月里，他持续《忧患江河源》，他深深眷恋着这片土地，他甚至有《写给三江源的情书》。他的《冻土笔记》是超验地观察到并忧患源文化之“源”的一部力作。杨勇，是一位解读三江源地理密码的行走者。自20世纪80年代勇漂通天河之后，他与“源”文化结下了不解之缘。三十余年，三江源的山水间留下了他的脚印。《发现三江源》，必定是他探险人生的精彩篇章。于坚，“作为中国第三代诗人的代表人物”，近年“他在散文方面又大放异彩”。他的《在源头》，以现场感极强的语言传递一种“源”文化的魅力。王剑冰是一位满怀诗情的散文大家，他以一位朝圣者的心态踏上了“源”文化寻根之路，以无限崇敬之情用他的笔墨捧起了《江源在上》。唐涓，一位深情关注青藏文化的散文家。她观察独到、文笔细腻，她的散文具有“诗化语言”的魅力。她虽身在城市，但她的情感在《江源栖居》。随着对“源”文化的不断深入了解，我发现自己永远只是一个求道者。所谓“道法自然”，我问道的重点在“源”。“源”文化是取法于自然的“道”，因而我越发觉得自己只有谦卑地《问道三江源》的资格。

“源文化”丛书，即将面世。这套丛书的完成倾注了许多人的心血和汗水。丛书的每一位作家，全身心投入“源文化”的考察，付出了辛勤和智慧。在感谢几位作家的同时，不能忘记一起走过三江源的著名摄影家高屯子，《三江源生态人文杂志》主编杨上青女士，诗人爱若兄、耿国彪和赵永红女士等几位知心朋友。在此向各位朋友表达诚挚的谢意！丛书所以能够与读者见面，归功于玉树州政府及才让太州长的有力支持。才让太州长似乎对“源”文化早已有着深刻的思考和研究，稍稍点开，便能兴趣盎然地与你畅谈三江之源。在此，我用恭敬的双手向才让太州长献一条感恩的哈达！

在此要特别感恩的是著名作家马丽华。2017年，她不仅亲临“第三届嘎嘉洛文化学术研讨会——‘源’文化论坛”现场，而且应诺为“源文化”丛书作序。她的《走过西藏》曾经给了我无限的希望和自信。从那时起，我开始关注青藏高原，关注青藏文化，审视自己脚下